書下ろし

凶悪の序章（上）

新・傭兵代理店

渡辺裕之

祥伝社文庫

目次

『凶悪の序章〈上〉』関連地図

パリ
フランス
コルス島
イスタンブール
トルコ
シリア
バグダッド
イラク
バグダッド
マンスール
廃墟
貯水池
倉庫
ベビロン・ホテル
エアポートストリート
ドーラ
ティグリス川
兵舎
バグダッド国際空港
工業団地

各国の傭兵たちを陰でサポートする。
それが「傭兵代理店」である。
日本では防衛省情報本部の特務機関が密かに運営している。
そこに所属する、弱者の代弁者となり、
自分の信じる正義のために動く部隊こそが、“リベンジャーズ”である。

【リベンジャーズ】

藤堂浩志 ……………… 「復讐者（リベンジャー）」。元刑事の傭兵。
浅岡辰也 ……………… 「爆弾グマ」。浩志にサブリーダーを任されている。
加藤豪二 ……………… 「トレーサー」。追跡を得意とする。
田中俊信 ……………… 「ヘリボーイ」。乗り物ならば何でも乗りこなす。
宮坂大伍 ……………… 「針の穴」。針の穴を通すかのような正確な射撃能力を持つ。
寺脇京介 ……………… 「クレイジーモンキー」。Aランクに昇級した向上心旺盛な傭兵。
瀬川里見 ……………… 「コマンド1」。元代理店コマンドスタッフ。元空挺団所属。
黒川　章 ……………… 「コマンド2」。元代理店コマンドスタッフ。元空挺団所属。
中條　修 ……………… 元傭兵代理店コマンドスタッフ。
村瀬政人 ……………… 「ハリケーン」。元特別警備隊隊員。
鮫沼雅雄 ……………… 「サメ雄」。元特別警備隊隊員。
ヘンリー・ワット …… 「ピッカリ」。元米陸軍デルタフォース上級士官（中佐）。
アンディー・ロドリゲス … 「レイカーズ」。ワットの元部下。ラテン系。爆弾に強い。
マリアノ・ウイリアムス … 「ヤンキース」。ワットの元部下。黒人。医療に強い。

森　美香 ……………… 元内閣情報調査室情報員。藤堂の妻。
池谷悟郎 ……………… 「ダークホース」。傭兵代理店社長。防衛省出身。
土屋友恵 ……………… 傭兵代理店の凄腕プログラマー。

クロード・ラコブ …… フランス国家憲兵隊捜査部大尉。
クリストフ・アンリ …… フランス第二外人空挺連隊大尉。“GCP”のチームリーダー。

トレバー・ウェインライト … レッド・ドラゴン幹部。別名・馬用林。
ブレストン・ベックマン … アメリカン・リバティ幹部。アジア系。

影山夏樹 ……………… 「冷たい狂犬」。元公安調査庁調査官。

プロローグ

イスタンブール旧市街、白壁に青い屋根のブルーモスクと呼ばれるスルタンアフメト・モスクがライトアップされ、その美しさを際立《きわだ》たせている。

明石《あかし》柊真《しゅうま》は、モスクの東側のトーラン・ＳＫ（通りの略）沿いのパーキングにプジョーを停めた。柊真は高校卒業後すぐにフランス外人部隊に入隊し、早七年になっている。五年の任期を延長して隊に残っており、類稀《たぐいまれ》な運動能力と頭脳で二十五歳という若さで准尉《じゅんい》になっていた。

外人部隊の基本をなすのは下士官以下の外国人兵であるが、外国人でも能力と実績次第《しだい》で将校になれる。柊真はまだ少尉の一つ下の階級ではあるが、年齢からすれば驚嘆という表現に値《あたい》するのだ。

もっとも、幼きころより祖父であり古武道疋田《ひきた》新陰《しんかげ》流の達人である明石妙仁《みょうじん》に厳しい稽古《けいこ》をつけてもらっていたので、入隊時より飛び抜けた存在であった。一昨年まで第二外人空挺連隊に所属していたが、過酷な訓練の末、外人部隊でも精鋭中の精鋭と言われる第二外人空挺連隊の中でもさらにエリートを集めた精鋭特殊部隊〝GCP〟に転属となっている。

「ミゲル、緊張しているのか？」

柊真は周囲を警戒《けいかい》しながら、助手席に座っているスペイン系の男をちらりと見た。

外人部隊のアノニマ（偽名制度）に従い、レジオネール名であるミゲル・サンチェスと名乗っている男は、二十七歳、スペイン人である。階級は曹長と柊真の二つ下で、〝GCP〟に編入されて一ヶ月と経《た》っていないが、急遽《きゅうきょ》柊真のチームに配属された。

「いいえ、……はい、戦地でないところでの活動は初めてなので、正直言って緊張しています」

額にうっすらと汗を掻《か》いたミゲルは、苦笑して見せた。

九月三十日、午後八時十分。日中の気温は二十六度、この時間でもまだ二十二度ある。湿度は四十パーセント、訓練された軍人が汗を掻くほど不快指数は高くない。

薄手のジャケットを着た二人は、ポケットに無線機を忍ばせており、左耳にイヤホンを隠している。

「ティグル2、了解」

無線連絡を受けた柊真は、ミゲルに頷《うなず》いてみせた。

ティグルとはフランス語で虎を意味し、柊真の属するチーム名でもある。個人のコードネームはチーム名に番号を付けるだけだが、階級順に付けてあるため、2はチームで文字通り二番目の階級であり、サブリーダーを意味していた。

二人はジャケットの下のショルダーホルスターからPAMAS G1（ベレッタ）を抜き、スライドを引いて初弾を込めた。G1は、ベレッタ92がライセンス生産されたフランス版で、フランス陸軍よりは遅れたが、外人部隊の標準装備になっている。

銃をホルスターに収めた柊真は、ポケットから黒縁《くろぶち》の眼鏡《めがね》を出してかけた。

「行くぞ」

柊真は車を降りると、右手にライトアップされたモスクの尖塔を見ながらトーラン・SKのカーブを曲がり、バザールの脇を通り過ぎて細い路地に入った。ミゲルは柊真より三歩ほど後ろを歩いている。

路地の入口にある絨毯《じゆうたん》専門店の前を抜けた二人は、〝サベサン・カフェ&レストラン〟前の路地に出されている一番手前のテーブル席に座った。店内の奥のテーブル席には水煙草《みずたばこ》を吸う三人の男が座っており、一人はアクの強いアジア系で、対面に座っている二人はアラブ系の顔立ちをしている。

「位置についた」

柊真はさりげなく眼鏡のズレを直して三人の男たちを確認すると無線連絡をし、ウェイターからメニューを受け取った。この店は食事もできるので、メニューは充実している。

ミゲルは柊真の向かい側に腰を下ろし、脚を組んだ。

数分後、三人の男たちは席を立ち、店を後にした。直後に店内から二人の男たちが彼らを追っていく。三人をマークしていたのは、柊真らだけではなく、チームの他のメンバーもいたのだ。

柊真はテーブルにまだ来ていない料理の代金を置くと、二人の男たちのさらに十メートル後方についた。

三人の男たちは路地から左に曲がって一方通行の道に出ると、いきなり走り始める。

「くそっ」

舌打ちをした柊真はミゲルを促《うなが》して、五人の後を追った。時間的に観光客の数もまばらだが、通行人は路地を猛スピードで走り抜ける男たちを呆然と見送っている。

次の角で男たちは左に曲がり、坂を下り始めると、突然振り返って発砲してきた。

先に追っていた二人の仲間のうち一人が撃たれる。

柊真はＰＡＭＡＳ Ｇ１を抜いて道路を渡り、身を屈《かが》めた。

その瞬間、左前方の壁に銃弾が当たる。

背後から撃たれたのだ。

振り向きざまに柊真は撃ち返した。

「…………」

右眉《まゆ》を吊り上げた柊真は、唖然《あぜん》とする。
その場に倒れていたのは、ミゲルだった。

軍事裁判

一

パリ、シャルル・ド・ゴール国際空港発、コルス島アジャクシオ・ナポレオン・ボナパルト空港への直行便であるエールフランス機に、藤堂浩志《とうどうこうじ》は乗っていた。

コルス島には外人部隊の空挺連隊の基地があり、年に一度の大イベントである〝カメロン記念日〟が四月三十日に行われる。

第二外人空挺連隊の出身である浩志にとっても懐かしい儀式ではあるが、記念日に合わせて外人部隊に入隊して五年目となる明石柊真に会いに行った。武道の師である明石妙仁から孫の様子を知らせて欲しいという希望を叶えるためである。

だが、柊真が転属したばかりの偵察戦闘支援中隊に属する空挺コマンド小隊〝ＧＣＰ〟の任務の関係で、浩志は彼が率《ひき》いる傭兵特殊部隊リベンジャーズとともにシリアでの危険な仕事を引き受ける羽目《はめ》になった。柊真との再会があまりにもタイミングが悪かったので、思い起こすたびに苦笑を浮かべるしかない。

前回は期せずして騒動に巻き込まれたのだが、今回は少々違う。最初から柊真の問題を処理すべくやって来たのだ。

一週間前の九月三十日にトルコのイスタンブールで特殊な任務遂行《すいこう》中に、柊真は重大なミスを犯し、現在も拘束《こうそく》されている。軍人なので、一般の裁判にはかけられず軍法会議にかけられることになったのだが、彼は無実を主張し、捜査を第三者である浩志に依頼した。

極秘任務だったこともあり、部外者は一切関わることはできないとしていたが、浩志は外人部隊出身でかつてフランスの情報局の仕事も引き受けた経験もあり、国家憲兵隊と合同で捜査するのなら、という条件で軍上層部から許可が下りたようだ。また、現場がフランスの管轄《かんかつ》下でないことも考慮《こうりよ》されたのだろう。

傭兵である浩志は、いつもなら傭兵代理店を通さない仕事は引き受けないが、今回は個人的に受けている。

八年前のことだが、浩志と体型が似ていた柊真の父明石紀之《のりゆき》は、浩志を付け狙っていた非合法な組織に誤《あやま》って殺害された。そのため柊真には特別の思い入れがあり、仕事をキャンセルして彼の要請《ようせい》を引き受けたのだ。

午後二時十五分、着陸態勢に入ったと、機内アナウンスが流れる。リグリア海上空を飛んでいたエールフランス機は高度を落とし、コルス島の東側の半島の下に位置するアジャクシオ・ナポレオン・ボナパルト空港に着陸した。

空港敷地内にあるハーツレンタカーで、オペル・コルサを借りる。この島は道が狭く、カーブも多いため、小型車を借りたのだ。

助手席に小さなバックパックを投げ入れた浩志は、コルサに乗り込んだ。

空港から島の南北を通る山岳道路であるT20からT30を、北に向かって約一時間四十分で走り抜けた。ヘアピンカーブが多く、難所が続く道路ではあるが、路面の状態がいい。それに緑が続く風景は気持ちがいいので運転は苦にならない。

島の北部に出るとT30は海岸線沿いを西に向かい、島で第五の人口を持つ街カルヴィに到着する。

午後四時二十分、浩志はカルヴィの六キロ手前で、ラファイリ第二連隊外国人空挺部隊基地の正門に曲がった。

車をゲートの前に停めると、正面にある基地をバックに、標高二千七百十メートルのチント山の雄大な景色が広がっている。このゲートを初めて通ったのは、二十三年も前のことになるが、変わらないこの風景が軍人としての原点だけに、気が引き締まるのは今も同じだ。

「浩志・藤堂だ」

右手にあるガラス張りのボックスから出てきた警備兵に名を告《つ》げた。

「ムッシュ・藤堂ですね。司令部のマニュアル・プラティニ中佐を訪ねてください。場所は」

「分かっている。勝手に行く」

司令部棟の場所を説明しようとした兵士を遮《さえぎ》り、入場許可証のゲストと書かれたプレートを貰《もら》う。

ゲートを潜《くぐ》った浩志は、右手にある駐車場に車を停めた。

三日前の明け方、日本の傭兵代理店の社長である池谷《いけたに》から、突然連絡が入った。

――藤堂さん、たった今、第二外人空挺連隊のプラティニ中佐から国際電話が入りました。

「要件は？」

浩志はスマートフォンをスピーカーモードにし、荷造りをしながら尋《たず》ねた。

イギリスで傭兵仲間であり親友でもあるヘンリー・ワットと合流し、英国陸軍特殊空挺部隊（ＳＡＳ）の訓練に特別講師として参加することになっていたのだ。

――それが、極秘事項らしく、藤堂さんから折り返し、中佐に連絡するように言われてしまいました。

池谷は不服そうな声で答えた。

「代理店を通せないのなら、断ってくれ」

国によって傭兵代理店の信用度が変わるが、日本というより池谷が信頼に値することは業界では知られている。クライアントが、彼に話せないような仕事は受けるべきではない。傭兵に危険は付き物だが、不正な任務である可能性があるからだ。

――それが、明石柊真さんのことだと言われまして。事情を聞いてもそれ以上は話せないとの一点張りでして、ほとほと困りました。

「柊真の？」

眉間《みけん》に皺《しわ》を寄せた浩志は、池谷と電話した直後にプラティニ中佐に連絡をしている。

プラティニ中佐から柊真の要請を聞いてフランスまで来たのだ。当然ＳＡＳの仕事は断っている。浩志と一緒にＳＡＳに召喚されていたワットには、後日理由は説明すると言った。軍法会議の内容は、関わった瞬間から部外秘になる。たとえ肉親や友人であろうと口外できないのだ。

「ふう」

溜息《ためいき》を漏らした浩志は、駐車場に停めた車から降りた。

二

司令部の玄関前に立った浩志は、ベージュの麻《あさ》のジャケットの襟《えり》を両手で摑《つか》んで無意識に着崩れを直すと、苦笑した。

外人部隊に所属していたころは、司令部に入る前は必ず服装の乱れを直したものだ。未《いま》だに当時の習慣が蘇《よみがえ》るらしい。

「ムッシュ・藤堂ですね。こちらへ」

司令部棟に入った途端《とたん》、兵士が声を掛けてきた。ゲートの警備兵から連絡があったのだろう。襟章からして曹長である。

「ムッシュ・藤堂をお連れしました」

曹長は廊下の奥に進み、中ほどのドアをノックすると、声を張り上げた。副連隊長のプラティニ中佐の部屋である。

「入ってもらえ」

部屋から低い声が響いた。電話で聞いた声だ。

曹長はドアを開けて敬礼をした。

浩志は曹長に小さく頷くと、部屋に入った。

奥に執務机があり、その傍《かたわ》らにフランスの国旗と、中央に「七つの炎の手榴弾《しゅりゅうだん》」をイメージしたマークがある赤と緑の外人部隊旗が立て掛けてある。壁には白黒の兵士の写真が飾ってあるだけだ。連隊の幹部らしい質素な部屋である。

執務机の前にあるソファーには、二人の将校が座っていた。一人は三十代後半の外人部隊隊員、もう一人は三十代前半、国家憲兵隊の制服を着ており、浩志を睨《にら》みつけている。

「ムッシュ・藤堂、よく来てくれた。マニュアル・プラティニです。今回の案件を連隊長に代わって、担当しています」

執務机に向かっていたプラティニが立ち上がって浩志に歩み寄り、軍人らしい節《ふし》くれだった手で握手を求めてきた。

浩志は無言で握手に応じる。

「紹介しよう。〝GCP〟の小隊長ベルナール・アビダル少佐、それに国家憲兵隊捜査部のクロード・ラコブ大尉だ」

プラティニが紹介すると、二人は立ち上がって顎《あご》を引く程度に軽く会釈《えしゃく》をして見せた。浩志は正規の軍人ではないため、敬礼する必要はないのだが、少なくともラコブの目には浩志に対する敵意を感じる。

国家憲兵隊は、陸海空の三軍とともにフランスの軍隊を構成しており、ジャンダルムリとも呼ばれる。

諸外国で憲兵といえば、軍人や軍関係者を取り締まる警察組織であるが、フランスでは人口が二万人以下の地方都市や村に対して一般警察業務もこなす。また、テロ作戦部隊や治安介入部隊などの特殊部隊も有する強力な警察機構でもある。

「まず、最初に確認しておこう。ムッシュ・藤堂は、准尉の要請を受けて、第三者として九月三十日に起きた事件の捜査をラコブ大尉のチームと共同で行うことになった」

プラティニは浩志から順にアビダル、最後にラコブの顔を見た。二人にというより、ラコブに言い聞かせたらしい。

「失礼ですが。今回の事件は我々国外派遣憲兵隊（ＣＧＯＭ）だけで捜査するべきだと思います。まして、容疑者が日本人だからといって、どうして日本人の傭兵に協力を仰《あお》がなければならないのですか？」

案《あん》の定《じょう》、ラコブが異を唱《とな》えた。だが、浩志のことを知らないのなら彼の主張は正しい。

事件の詳細は聞いていないが、拘束された上に軍法会議になるということは、任務中に味方か、あるいは誤って一般人を殺害したというような嫌疑をかけられているのだろう。最悪スパイと判断されるようなら、死刑という可能性もある。柊真は藁《わら》にもすがる思いで、浩志を指名したに違いない。

「我々も悩んだが、もし、准尉の証言が正しいのであれば、あえて全く違う組織、あるいは組織に属さない人選が必要なのだ。君は知らないかもしれないが、ムッシュ・藤堂は、外人部隊出身で、傭兵としては世界的に名を馳《は》せている実力派だ。しかも日本の警察官としての経験もあり、捜査能力も定評がある。二年前には対外治安総局（ＤＧＳＥ）と合同でシリアで活動したことで、高い評価も得ている。しかも准尉は、その任務に参加し、ムッシュ・藤堂と行動している。ある意味これ以上の人選はないと、我々は判断したのだ」

プラティニは穏《おだ》やかな口調で言ったが、ラコブに鋭い視線を投げた。とかく国家憲兵隊は嫌われている。浩志が現役のころもそうであった。

「しかし……」

まだラコブは納得していないらしい。

「これは決定事項なのだ。この件において、すでに我が連隊の隊長を通じ国防省の許可を得ているんだぞ」

プラティニが、勝ち誇ったようにラコブを見た。

浩志は二年前にフランスの極秘作戦に関わっている。それを知っている陸軍参謀本部に、プラティニは連隊長を通じて許可を取ったのだろう。先ほど悩んだと言っていたのは、まんざら嘘《うそ》ではなさそうだ。

「国防省……分かりました。それにしても、軍事予算が切り詰められているのに、外部の傭兵を雇《やと》う金がよくありましたね」

両眼を見開いた後、ラコブはわざとらしく首を左右に振ってみせた。

「俺は、今回の仕事で一切金を請求するつもりはない。准尉は自分で払うと言っているようだが、誰からも貰うつもりはない。金に縛られることなく、自分の判断で捜査を公平に進める。むろん准尉から依頼を受けたからといって、彼に偏《かたよ》った捜査をするつもりはない」

浩志はきっぱりと言った。ビジネスとして受けなかったからこそ、傭兵代理店を通さず、個人としてコルス島にまでやって来たのだ。

柊真も少年時代から浩志を知っているとは、あえて報告していないらしい。捜査を私的に進めると思われるのを避けたのだろう。賢明な判断である。

「なっ、なんと……」

プラティニが絶句し、額に手をやった。

「ちょっと待ってください。あなたほどの傭兵が、ただどころか自腹で任務を受ける理由をお聞かせください。単純に依頼主である准尉が、二年前の作戦で行動を共にした日本人ということだけですか？」

プラティニの様子を見て、アビダルが質問をしてきた。交通費だけでなく、宿泊費がかさめば、何百万かの出費はかかる。ギャラどころの騒ぎではないと思っているのだろう。

「俺のギャラを外人部隊の准尉が払えるとは、最初から思っていない。二年前の任務で彼が非常に優秀な兵士だということは分かった。将来ここを退役したら、スカウトするつもりだ。俺が率《ひき》いる傭兵特殊部隊は、世界でトップクラスと言われている。それは、俺が自分の目で選んだ優れた兵士を召喚するからだ。だからこそ、捜査は公平にする。犯罪者を仲間にするつもりはないからな」

浩志はプラティニとアビダルを見て表情も変えずに言った。

柊真が浩志との関係を話さなかった以上、過去の経緯は一切言うつもりはない。むしろビジネスライクに割り切っていると思わせたほうが、欧米人には通じる。だが、柊真がこの先、リベンジャーズに入りたいというのなら、拒《こば》むつもりはない。

「先行投資ということですか。彼は、私の中隊の中で間違いなくナンバーワンです。だからこそ、私は彼を信じて、彼の要望を中佐に進言したのです。もっとも彼に退役されては、困りますが」

アビダルは苦笑まじりに言った。少なくとも柊真の上官は、彼のことを信じているらしい。

「それほど優れた兵士が裏切り者だった場合、軍としては最悪のパターンになりますよ」

ラコブは、肩を竦《すく》めた。最初から柊真を犯人として疑っているようだ。

「俺が捜査に加われば、白黒ははっきりする」

浩志がラコブを見て鼻で笑った。

三

浩志はアビダル少佐に従って、司令部を出た。

二人の目の前を新兵の一団が、隊列を組んで行進している。彼らの横に教官が付き添っているので、新兵だとすぐ分かるのだ。

行進の基本は、一糸乱れずにできるかだ。前後左右の仲間と隊列を乱さないようにするには、基礎体力だけでなく仲間との協調性も必要となる。軍事行動には、個人の身勝手な行動は許されない。命令に従って忠実に戦う兵士が求められるからだ。だからこそ、新兵には単純な行進が重要な訓練となる。

「新兵時代が懐かしいですか？」

前を歩いていたアビダルが振り返った。歳は三十代後半か。キャリアなのだろう。

「二十三年も前の話だ」

改めて数えると歳だと思い知らされるが、若い彼らを見ていると、二十三年前の自分が昨日のことのように思い出される。

「隊のあなたの記録は、拝見しました。成績優秀で〝ＧＣＰ〟候補だったようですが、あなたは断られたようですね。なぜですか？」

アビダルが首を捻《ひね》って尋ねてきた。

「軍人になることが目的じゃなかった。それだけだ」

警視庁の刑事だった浩志は、自分を罠《わな》に陥《おとしい》れた殺人犯を追って、外人部隊に入隊している。当時の外人部隊はフランス国籍を取得するために、いわば人間洗浄を目的とした犯罪者が入隊するケースがあったのだ。

「あなたほど優秀な軍人が？」

アビダルが訝《いぶか》しげな目を向けてきた。

結局浩志は犯人を取り逃がし、五年の軍役を終えている。犯人を求めて警察官を辞め、自暴自棄にならないように訓練に打ち込んだ。それで、成績が良かったのだが、軍隊生活が肌に合ったということもあるのだろう。だが、軍役を終えるころ、中東の戦地にいるという犯人の噂《うわさ》を聞きつけ、傭兵となることを決意した。

「自分が優秀だと思ったこともない。幾多の紛争地を経験して未だに生きているのは、幸運なだけだ」

戦地から生還するのは、実力だけではできない。流れ弾が運悪く、心臓や頭に当たって死ぬこともある。反面、銃弾が雨のように降り注ぐ最前線でも、擦《かす》り傷さえ負《お》わないこともあるのだ。

「……なるほど」

まだ納得していないのだろうが、アビダルは司令部棟から百五十メートルほど離れた建物に入った。玄関に二人の警備兵が銃を構えて立っている。この建物は、事件を起こした隊員を勾留《こうりゅう》しておく、拘置場になっていた。

アビダルは、最敬礼をした警備兵に軽く敬礼を返して中に入った。

拘置場の場所は浩志の現役時代と同じである。縁がなかったため、一度も中に入ったことはない。

「少佐、サインをお願いします」

廊下を進むと途中から鉄格子《てつごうし》のドアで遮られており、二人の警備兵が立っていた。その向こうは、拘置室エリアになっている。

敬礼をした年配の警備兵が、ボードに挟まれている書類とペンをアビダルに渡した。少佐が相手でも、規則が厳しいらしい。

「決まりですので、身体検査をします」

若い方の警備兵が浩志のボディーチェックを始めた。

検査されることは分かっていたので、いつも持ち歩いている樹脂製の小型武器であるクボタンやサバイバルナイフは、車の中に置いてきた。

アビダルがサインをすると、書類を受け取った年配の警備兵が鉄格子のドアを解錠し、ドアをスライドさせた。浩志とアビダル、年配の警備兵の三人が拘置室エリアに入ると、鉄格子のドアは閉じられる。

先頭を歩く年配の警備兵が、一番奥の部屋のライトグリーンに塗装された鉄製のドアの鍵を開け、ドアノブに手をかけた。

「五分でいいから、二人だけになれないか？」

浩志はドアの前に立ったアビダルに言った。

「彼から事件のあらましを直接聞いてください。私は二十分後に戻って来ます。その後、打ち合わせをお願いします」

アビダルは、腕時計を見ると廊下を戻って行った。

浩志は自らドアを開けて、中に入る。ベッドが一つ、反対側の奥に囲いもなく蓋《ふた》もない洋式トイレがある十畳ほどの部屋だ。

「藤堂さん、すみません！」

踵《かかと》をつけて起立していた柊真が、深々と頭を下げた。Tシャツとベルトをしていない迷彩のズボン姿である。タクティカルブーツを履《は》いているが、紐《ひも》は抜き取られていた。扱いは囚人と同じだ。

「楽にしてくれ」

座るところがないので、浩志は出入口の壁に寄りかかった。

「藤堂さんしか、頼れる人はいませんので甘えてしまいました。本当にすみません」

柊真は浩志の前に立ち、うつむきかげんに言った。身長は一八三センチほどになっているだろう。胸板も厚く、首回りも太い。見るたびに逞《たくま》しくなっているようだ。

「時間がない。とりあえず、俺に包み隠さずに話してくれ」

小さく頷いた浩志は話を促《うなが》した。

「てっきり、誰かの立ち会いの下で話すのかと思っていましたが。どこまでご存知なのですか？」

柊真は二人きりになったことに、かえって戸惑《とまど》っているらしい。罪を問われていることが極秘任務中のことだけに、詳細を話そうにも上官の許可もなくどこまで話していいか分からないのだろう。

浩志もそれが分かっていてあえて、アビダルに頼んだのだが、彼が許可したということは、柊真が良識の範囲で話すと信じているからだろう。それだけ彼への信頼が厚く、軍人として評価されているということだ。

「おまえが、考えて話せばいい。それに俺は一般人じゃない」

浩志は苦笑がてら答えた。

「了解です。今回の任務は、トルコに潜伏するフランス国籍のＩＳ（イスラム国）のテロリストの逮捕でした」

柊真は真面目《まじめ》な顔で話し始めた。

「逮捕？」

思わず聞き返したが、あやうく噴き出すところだった。

警察権のない外人部隊の任務なら暗殺か拉致《らち》のはずだ。まして、海外で生きたまま移送することは難しいので、相手を確認次第、殺害するのが目的だったに違いない。

そもそもＩＳのテロリストの逮捕をフランス政府がトルコに要求しないのは、トルコがＩＳの報復を恐れているからだ。また、シリアと敵対関係にあったため、トルコ政府はＩＳの活動を黙認しているという側面もある。だから、柊真ら〝ＧＣＰ〟の極秘チームが派遣されたのだろう。

「逮捕ということにしておいてください。私は、六人のユニットのサブリーダーとして抜《ばっ》擢《てき》されました」

咳払《せきばら》いをした柊真は、当時の状況を説明し始めた。

イスタンブールには事件の二日前に入ったらしい。ターゲットはパリで爆弾テロを起こした二人のテロリストで、確認次第「逮捕」するという任務だったようだ。六人のチームは、二人のテロリストがレストランに入ったところまで尾行した。だが、そこにはマークしていない別の男がいたらしい。

任務では二人に協力者がいる場合は別枠で拘束し、トルコ駐在の対外治安総局（ＤＧＳＥ）に引き渡すことになっていたようだ。

「どうしてDGSEが、最初から対処しなかったのだ？」

海外のテロ活動にはDGSEが取り組むことになっている。

「強襲となると、彼らの手には負えません。そもそもDGSEの諜報員は、我々ほど銃の扱いに慣れていません。テロリストに逆襲されるのがオチですから。もっとも我々も追っていた三人を取り逃がしていますが」

柊真は首を横に振って、苦笑した。

「なるほど」

やはりマークしていた二人は、暗殺するということなのだろう。頻発《ひんぱつ》するテロに業《ごう》を煮やしたフランスは、テロリストに対して超法規的な強制力で排除することにしたようだ。

「店から出た三人を、私は部下と、店内にいた同僚の二人の、四人で尾行しました。他にも二人いたのですが、車の故障で間に合いませんでした。しかし、我々の尾行が気付かれたのか、男たちは急に走り出し、追いかけると人気《ひとけ》がなくなった通りでいきなり発砲してきたのです。その際、リーダーである大尉と行動していた上級曹長が、撃たれて死亡。私も反撃すべく銃を抜いたところ、背後からいきなり銃撃されました。私は振り返って反撃して倒したのですが、撃ってきたのは、一緒に行動していたミゲル・サンチェス曹長でした」

柊真はミゲルの額を正面から撃ち抜いており、その罪に問われているのだ。

「ミゲルが敵を撃ったにもかかわらず、彼が背後にいたために、おまえは自分が攻撃されたと勘違いした可能性はないのか？」

「ありえません。私は、前方で銃撃があった瞬間に身を屈めました。同時に頭上を弾丸が抜けて行きました。銃を構えて振り返ると、ミゲルの銃口が私に向いていました。そのため私は彼を撃ったのです」

柊真は冷静に一瞬の判断で、対処したらしい。彼の説明通りなら、他の者なら間違いなくミゲルに撃ち殺されていただろう。

「おまえたちが使っていた銃の弾丸は、ホローポイントか？」

「まさか。通常の９ミリパラベラム弾です」

柊真は両手を広げて、首を振った。

弾頭の先がすり鉢《ばち》状のホローポイントは殺傷能力が高く、相手の行動を抑える力があるが、９ミリパラベラム弾では、人体に及ぼす打撃力であるマンストッピングパワーが弱い。そのため柊真は、一発でミゲルの活動を停止させるべく頭部を狙ったのだ。浩志も同じ立場なら、間違いなくそうするだろう。

「だから眉間を狙ったのか。だが、その冷静さゆえに上層部から疑いが持たれたんだろうな。目撃者はいなかったのか？」

慌てて撃ったのなら、胸や顔面に二、三発撃ってもおかしくはない。だが、訓練された兵士なら確実に一発で仕留める。

「いませんでした。それに仲間は、二十メートル先で銃撃戦をしていましたから。証拠はミゲルの死体だけです。私の主張は通りませんでした。しかし、私は名誉にかけても誤射ではなく、まして故意に殺害したわけでもありません」

柊真は浩志の目を見つめて頷いた。彼を見る限り、嘘はないようだ。

「現場を調べるほかなさそうだな」

腕組みをした浩志は、溜息を漏らした。

四

午後五時四十分、司令部副連隊長、プラティニ中佐執務室。

浩志はソファーに座り、テーブルの上に置かれた数枚の写真を見つめていた。

写真は、イスタンブールの事件現場を写したものだ。だが、慌てて撮影したのだろう。解像度の悪い死体の写真と位置を示す道路の写真だけで、真相を知る手掛かりになるとは思えない。

「たったこれだけの資料で、准尉を疑っているのか？」

浩志は正面に座っているプラティニに視線を移した。執務室にいるのは、浩志とプラテイニ、それに〝GCP〟の小隊長のアビダル少佐の三人である。プラティニは、最初の顔合わせの後、国家憲兵隊のラコブ大尉を帰らせていた。

「DGSEが地元の警察署に手を回し、証拠となる弾丸を回収した。弾丸の旋条痕《せんじようこん》が一致したのだ。それが、唯一の証拠であり、それ以上のものではない。つまり、理由は何であれ、准尉が曹長を殺害した事実だけ把握《はあく》している。やむなく我々は准尉を拘束《こうそく》し、尋問《じんもん》したが、彼が主張する正当防衛を立証することができなかった。ただし、彼があなたを捜査官として現地に派遣するよう要請したことで、軍法会議は先に延ばされたのだ。准尉の正当防衛を証明できる証拠があれば、軍法会議ではなく、査問《さもん》委員会で審議を受けるだけで、准尉は釈放されるだろう」

プラティニは難しい表情になった。正当防衛の立証は難しいと考えているようだ。

「軍法会議はいつ開かれる?」

「……一週間後」

深く息を吸い込んでから、プラティニは返事をした。

「明日一番で、イスタンブールに飛ぶ。ラコブのチームもすぐ手配してくれ」

「了解した」

プラティニは息をゆっくりと吐き出した。ほっとした表情をしている。捜査期間が短いため、浩志が断るとでも思っていたのかもしれない。

「ところで、准尉の主張が正しかったとする。曹長が、なぜ准尉を殺そうとしたのか、分かるか？」

浩志はプラティニとアビダルを交互に見た。死人に口無しでは、捜査とは言えない。

「いいえ、分かりません」

アビダルが口をへの字に曲げた。

「捜査の方向性は一つに絞るべきではない。曹長がテロリストの仲間という線もありうる。テロリストらは准尉のチームをわざと尾行させて襲撃した。というのも曹長がテロリストと示し合わせて准尉を撃ったとすれば、挟撃することができたからだ。もし、准尉が曹長を倒さなかったら、全員死んでいただろう」

「まさか。曹長が、テロリストの仲間だなんて」

追っているつもりが、柊真のチームは罠にはまっていたと考えれば納得できる。

アビダルは首を振った。

「可能性はある。二人とも分かっていたはずだ。だが、曹長がテロリストと考えるより、准尉の誤射でカタをつけた方が簡単だ。だから、信じたくないだけなんだろう」

浩志が鋭い視線を二人に浴びせると、二人とも視線を外した。誤射というのなら、事件ではなく事故である。柊真の不名誉除隊という形で決着はつくだろう。

「……認めたくはないが、そう言われても仕方がない」

しばらく沈黙していたプラティニが、顔を上げて答えた。

「俺がイスタンブールで捜査をしている間に、曹長の銀行口座、電話の通話記録、メールやチャットなどで不正な動きはなかったか、ありとあらゆる記録を調べ上げるんだ。巧妙なダブルエージェントでなければ、必ず証拠は見つけられるはずだ」

〃ＧＣＰ〃の隊員になることは、時間もかかるが卓越した能力も必要とされる。そのため、敵対する国家や組織のスパイが〃ＧＣＰ〃を目指して外人部隊に入隊するとは考え難《がた》い。そんな手間などかけずに、外人部隊の薄給に目を付けて、隊員を金で裏切らせることの方がはるかに簡単である。それなら、目立った金の動きがあるはずだ。

「分かった。調べさせよう」

プラティニは渋い表情で首を縦に振った。

「私も、曹長に何か変わった様子がなかったか、個別に隊員に確かめてみます」

アビダルも険しい表情になった。彼らの気持ちは十分理解できる。軍隊に限ったことではないが、裏切り者というのは一番厄介《やっかい》なことだ。刑事時代に浩志を殺人犯に仕立て上げたのは、国際犯罪組織に加担していた同僚の刑事であった。

「彼は、俺に名誉を重んじると言った。それだけ自分の判断に自信があるのだ。二人とも言っておくが、安易に准尉の誤射として事件を終わらせないことだ。優秀な兵士を失うだけでなく、連隊に泥を塗ることになる」

浩志は人差し指を立てて、口調を強めた。

「歴史ある部隊を汚すような真似《まね》はしない」

プラティニは両手を腹の上で組んで大きく頷いた。

「それなら、俺の捜査に協力してくれるんだな」

「もちろんだ。念を押すまでもない」

プラティニは、アビダルの顔を見て返事をした。

「准尉を現場に連れていく」

「なっ！」

プラティニとアビダルが、同時に腰を浮かせた。

「准尉の今の扱いは、容疑者だ。それなら、なおさら現場検証に立ち会わせる。捜査の手順を知らないのか？」

浩志は涼《すず》しい顔で言った。

「しっ、しかし」

プラティニは将校の癖《くせ》に慌てているらしい。拘置されている兵士を基地の外、しかも海外に出すなど前例がないせいだろう。

「准尉が逃亡するとでも思っているのか？　そのつもりなら、事件当日に脱走している。心配なら、監視でもつけるんだな」

口角を僅《わず》かに上げた浩志は、席を立った。

五

午後六時五十分、空挺部隊の基地を出た浩志は、島の海岸線を通るクリストフ・コロン通りを西に進み、夕日を正面に受けながらカルヴィに向かった。

二年前はカルヴィの旧市街である城郭《じょうかく》にほど近いアパートメントホテルに宿泊したが、今回は素泊まりのつもりで、基地から四キロほど先にあるクリストフ・コロン通り沿いのカルヴィ・ホテルを予約している。

基地から三キロほど進むと、新しいリゾート型ホテルやレストランが顔を見せ始めた。街の中心部は土地が少なく歴史的建造物も多いため、街の外に向かって開発が進められているのだ。

数分後、浩志はヤシの木や花壇がある引き込み道路へ曲がり、体育館のような白い三階建てのカルヴィ・ホテルのエントランス前で車を停めた。

フロントでチェックインして、三階の部屋に案内される。外見と同じく、室内は奇をてらうことなく素っ気《そっけ》ないが、清潔感はある。職業柄窓のカーテンを開けることはないが、ビーチサイドなので日中の景色はいいだろう。

ポケットの衛星携帯が反応した。職業柄衛星携帯とスマートフォン、それに無線機の三点セットは、海外に行く場合は必ず持参している。

「俺だ。……分かった」

素っ気なく返事をした浩志は、電話を切った。

三十分後、ホテルの裏手にある小道を抜け、コルシカ鉄道に沿ったウッドデッキのような作りの歩道に出た。コルシカ鉄道は二つの路線がある。そのうちの一つである、島の北西部に位置するカルヴィと北東部のカザモッツァを繋ぐ路線だ。

午後七時半を過ぎている。日中の気温は二十九度まで上がった。日も暮れて二、三度下がっただけだが、頬《ほお》をなぜる海風が気持ちがいい。今がコルス島の一番いい季節と言える。海岸線沿いは、冬から春にかけて寒風が吹きすさぶので、外人部隊での訓練もひたすら忍耐を要求されたものだ。

歩道を百メートルほど進み、線路を渡ってビーチへの階段を下りて、すぐ左手にある〝ル・リド〟というレストランに入った。この島には何年も住んでいたが、初めての店である。二十年前にはなかったのかもしれない。

海側にウッドテラスがあり、開け放たれた窓からは夜の海岸が見渡せ、耳をすませば、客の騒《ざわ》めきに潮騒《しおさい》が混じって聞こえる。

形ばかりの夫婦ではあるが、浩志の妻である森美香《もりみか》なら喜びそうな洒落《しやれ》た店だ。以前は内閣情報調査室に彼女は勤務していたが、現在はその上部組織である非公開の情報局に勤《つと》めており、相変わらずすれ違いの生活をしている。もっともそれがお互いにとってはいいようだ。

ウッドテラスの席はカップルで埋まっていたが、名前を告《つ》げると、出入口と反対側の一番奥の予約席に案内された。

「生ハムの盛り合わせにアビィをくれ」

海を背にした席に腰を下ろした浩志は、メニューを見ることもなく、ウェイターに注文した。

この島の豚は放し飼いにされているので、身が引き締まっており、ハムやソーセージに加工してもうまい。それにフランス産のアビィ・ビールが、よく合う。この島では海産物と豚が名物なので、どちらかを頼めばハズレはない。

「お待たせしました」

ウェイターと入れ違いに浩志の向かいの席に、カジュアルな紺《こん》色の綿のジャケットを着たアビダル少佐が座った。

「基地では話せなかったのか？」

浩志はアビダルではなく、店内の様子を見ながら尋ねた。店内の席は半分以上埋まっており、三十人ほどの客がいる。人が大勢いる場所は、常に警戒を怠《おこた》らないのだ。衛星携帯にかかってきた電話は彼からで、このレストランを指定してきた。

「少々、お願いがありまして。あっ、何か注文されましたか？」

基地内で制服を着ていた時と違って、アビダルは落ち着きがない。軍人はとかく私服になると、居心地が悪くなるものだ。

「生ハムの盛り合わせとアビィを頼んだ」

腹は減っているが、親しくもない男と一緒に夕食を食べる気になれない。つまみ程度で充分である。

「この店はオマールエビのスパゲッティがおいしいんですよ。それとムール貝のマリネはお勧《すす》めです。お話は少し腹を満たしてからにしませんか」

アビダルはウェイターを呼び、オマールエビのスパゲッティとムール貝のマリネ、それにコルス特産の品種であるヴェルメンティノの白ワインを注文した。

十五分ほどして料理がすべて整った。スパゲッティはパエリアに使われる両手平鍋に、半身のオマールエビを中心に普通サイズの海老《えび》が何匹も惜《お》しげなく入れられてトマトソースを絡めたスパゲッティが盛られている。うまそうだが、男同士で食う代物《しろもの》ではない。

「それで？」

浩志はアビィの瓶ビールを片手に尋ねた。

「准尉を海外に行かせるに当たって、私の部下を一名同行させて欲しいのです」

スパゲッティを自分の皿に盛り付けたアビダルは、浩志の顔色を窺《うかが》うように言った。イスタンブールへは、夜明け前に出発する空軍の輸送機で移動することになっている。その前に話を進めたいので、呼び出したのだろう。

「監視役か。くだらん」

浩志はふんと鼻息を漏らした。

国家憲兵隊でも国外派遣憲兵隊に属するラコブは、五人の部下を連れて来る。彼らは柊真の監視役も兼《か》ねていた。今さら監視を増やしたところで、柊真が逃げることはない。まして、浩志は誰の目がなくても仕事はする。

「イスタンブールで、作戦行動をした六人のチームのリーダー、クリストフ・アンリ大尉です。准尉もそうでしょうが、彼も真相を知りたいと願っているのです。ぜひ同行させてください」

アビダルは周囲を見渡し、声を落とした。そもそも一般人が大勢いる場所で話すことではないのだ。

「そんなことは、軍隊なんだから命令すれば済む話だろう」

浩志は首を傾げた。部外者に頼むことではない。

「事件の捜査は、憲兵隊に任されています。我々は口出しできないのです」

警察権のない外人部隊が、事件の捜査に関わるのは確かにおかしいが、アビダルの態度から見てそれだけではなさそうだ。

「なるほど、憲兵隊は馬鹿じゃないということか。彼らは、准尉の証言が正しい場合も想定しているんだな？」

柊真が真実を話しているとしたら、曹長はテロリストと関わりがあったということになる。曹長だけの問題なのか分からない以上、現時点で憲兵隊は〝ＧＣＰ〟そのものを疑わざるを得ないということだ。アビダルに落ち着きがないのは、部下にまだテロリストと関係する人物がいる可能性があると、彼自身疑っているのだろう。

「その通りです。大尉自身、銃撃戦で一歩間違えれば死んでいました。彼は疑う必要はないでしょう。あなたは参謀本部ですら名前を知られている人物です。あなたから大尉も現場検証に必要だと進言すれば、憲兵隊も認めざるを得ないはずです」

「プラティニ中佐のアイデアだな？」

彼は何としても捜査を憲兵隊任せにしたくないのだろう。そこで、浩志を利用することで、捜査に加わろうとしているに違いない。

「…………」

アビダルは黙って頷いた。

六

浩志はアビダルを残して〝ル・リド〟を後にした。

店には三十分近くいたが、生ハムを摘《つま》んだだけで夕食は摂《と》っていない。そのため、散歩がてらレストランを探している。

カルス鉄道を渡ってクリストフ・コロン通りに向かっていた。まだ午後八時を過ぎたばかりだ。表通りに出れば、夏は観光客が多いだけにこの時間でも開いている店はいくらでもあるだろう。もう少し早い時間なら地元のスーパーでサルシッチャとコルス産の赤ワイン、アレアティコを買ってホテルの部屋で気楽に夜食を楽しんだところだ。

とりあえず近道をしようと舗装もされていない裏道に入った。線路際の歩道には夜間灯はあるが、裏道はやけに暗く人気もない。観光客はあまり使わない、というより敬遠する道なのだろう。

「……？」

浩志は右眉をピクリと吊り上げた。

背後に人の気配がする。耳を澄《す》ますと、足音が聞こえるのだ。店を出る時は、何も感じなかったので、線路際に生えているコルス島固有種の立派な松の木の木陰《こかげ》にでも潜《ひそ》んでいたのかもしれない。足音からすると、二人の人間が尾行している。

浩志は立ち止まった。

前方に停まっているバンの陰からバラクラバで顔を隠した三人の男が姿を現し、立ち塞《ふさ》がったのだ。

男たちはそれぞれ右手に特殊警棒を持っている。振り返らなくても後ろの二人も同じ格好で武装をしているのだろう。銃ではなく特殊警棒を手にしているのは、とりあえず足腰の骨を折って動けなくするのが目的に違いない。

コルス島はシチリア島のマフィアと並んで有名な犯罪結社であるユニオン・コルスが存在する。日本では犯罪組織をマフィアと呼ぶが、現地ではナポリの組織をカモッラというように、明確に区別している。

数年前まではコルス島でもユニオン・コルスが介在する銃を使った殺人事件も多発したが、最近はあまり聞かない。強盗だとしても、全員が揃《そろ》って特殊警棒を使うというのも変な話である。

背後の二人が足音を忍ばせ近づいてくると、いきなり特殊警棒で襲ってきた。

浩志は振り向きもせずに、先に特殊警棒を振り下ろしてきた左後方の男の懐《ふところ》に回転しながら飛び込んで、左肘《ひじ》打ちを脇腹にめり込ませた。すかさず右に飛んで右後方の男の左脇腹にも肘打ちを叩き込んだ。浩志は、崩れるように倒れる二人の男の手から特殊警棒を奪い取った。

刑事時代に警棒を使った逮捕術の訓練は受けているが、さらに古武道の師である明石妙仁から合気の術を基《もと》にした棒術を、長い六尺（約百八十センチ）から一尺（約三十センチ）まで、学んでいる。

「なっ」

前方の三人が固まった。あっという間に二人の男を倒した浩志を見て、驚いているようだ。この程度の戦闘力が低い男が何人集まろうと、浩志の敵ではない。襲う相手を間違えたのだろう。

前方の闇から突然強烈なライトを浴びせられた。

「むっ！」

浩志は左手を目の前にかざし、腰を屈める。

「武器を捨てろ！」

ライトの向こうから銃を構えた数人の男が現れた。逆光でよく見えないが、シルエットからして警察官らしい。

「ふん」

苦笑した浩志は、特殊警棒を捨てて両手を上げた。

「逮捕しろ！」

前方の男が大声で叫ぶと、離れた場所からハンドライトを手にした数人の男たちが押し寄せてきた。警棒を持った三人の男たちは、いつの間にか姿を消している。どうやら、嵌《は》められたようだ。

「両手を後ろに回せ！」

左右から腕を摑まれた。

「やれやれ」

浩志が両手を後ろに下ろすと、手錠をかけられた。

イスタンブール

一

午後十一時三十分、浩志を乗せたパトカーは、前後を別のパトカーに挟まれて山岳道路T20を南に向かっている。

カルヴィの裏通りで暴漢に襲われ、反撃したところを七人の警察官に包囲され、暴行の容疑で現行犯逮捕された。

現場には浩志が倒した二人の男と特殊警棒が二本残され、他にも三人の男がいたはずだが、警察官らに銃を向けられた直後に姿を消している。

浩志は背後から襲ってきた二人の男を簡単に叩きのめしたし、残りの三人も瞬時に倒すことができただろう。だが、彼らの目的は最初から浩志を倒すのではなく、警察に逮捕させることだったに違いない。敵の思惑《おもわく》にまんまと乗ってしまったのだ。

二台のパトカーは山岳地帯のＴ20を抜け、南から西に進路を変えた。海岸線に出たらしい。アジャクシオの警察署に向かっているのだろう。カルヴィには警察署がないのだ。

フランスは都市圏の警察業務は国家警察が行うが、地方は国家憲兵隊が担っている。線引きは人口二万人とされ、アジャクシオだけでも人口は六万人を超えるため、コルス島は国家警察の管轄になっていた。

浩志は、後部座席のシートにゆったりと腰をかけている。地元の警察を相手に暴れたところで労力の無駄遣いである。成り行きを見守り、体力を使わないことだ。

十分後、街の住宅の灯《あか》りが見えてきた。アジャクシオに入ったのだ。

三台のパトカーはＴ20をアジャクシオ湾に沿って南に向かい、突き当たりの交差点で右折し、次の交差点で再び右折すると、１ブロック先の交差点で停まった。

交差点の右は一方通行のジェネラル・フィオールラ通りであるが、移動式のバリケードで道は塞がれている。交差点の左手にあるＬ字型のビルは警察署になっており、通りは関係者しか入れないのだ。

交差点の右側の角にある電話ボックスのような警備室から制服姿の警察官が現れ、バリケードを移動させた。遅い時間なので、車列が戻ってくると連絡があったのだろう。

三台のパトカーは、道の両脇に警察車両が停められている通りに入り、警察署の玄関前で停まった。

「降りろ！」

浩志の左側に座っていた警察官が、ドアを開けると腕を摑んできた。

「邪魔だ、どけ」

警察官の手を腕で振り払うと、浩志は警察官を肩で押し出した。さほど力を入れたつもりはないが、バランスを崩したのか警察官はパトカーから転げ落ちた。少々腹が立っているので、思いの外《ほか》力が入ったのかもしれない。

「抵抗するな！」

警察署の前に立っていた二人の警察官が慌てて銃を抜き、浩志に向けた。訓練以外で人に銃を向けたことがないのだろう。

「署長に会わせろ」

車を降りた浩志は、顔色も変えずに銃の前に立った。

「動くな！」

二人の警察官は声を張り上げると、パトカーから降りた他の警察官らも銃を抜いて浩志の周りを囲んだ。かなり興奮している。彼らは浩志が護送されてきたという事実しか知らないのだろう。凶悪犯と思っているのかもしれない。もっとも、短い髪型に鋭い目付きをしているので、これまでも勘違いされることは多々あった。

「何の騒ぎだ。銃を下ろせ、馬鹿者！」

玄関から恰幅《かっぷく》のいい私服姿の中年男が現れ、警察官らを怒鳴《どな》りつけた。この男が警察署長らしい。家に帰るところだったのだろう。

取り巻いている警察官らは、互いに顔を見合わせ、きまりが悪そうに銃をホルスターにしまった。手錠を掛けられている男に七人もの警察官が銃を向けたのだ。大袈裟《おおげさ》過ぎる。

「俺は不当逮捕された。すぐ釈放しろ」

「逮捕される連中は、大抵そう言うものだ」

署長は笑って見せた。

「俺は暴漢に襲われて、正当防衛を行使したまでだ。そもそも被害者などいない。こいつらに聞いてみるがいい」

浩志は、一緒にいた警察官らを顎で示した。陥れた連中が、警察の事情聴取に応じるはずもなく、パトカーに乗せられたのは浩志だけである。現場に駆けつけた警察官全員が、グルなのだ。

「ピエール警部、どうなっている？」

署長は、一台目のパトカーから降りてきた警察官に尋ねた。現場を指揮した者だろう。

「カルヴィで男が暴れていると通報があり、一般市民を叩きのめしているこの男を逮捕しました」

ピエールと呼ばれた男は、白々しい嘘をついた。警察署から一時間半もかかるカルヴィから通報を受けて現場に急行し、あのタイミングで現れることなどありえないからだ。

「通報した市民の名前を言ってみろ」

浩志はピエールを鋭い視線で睨んだ。

「………」

ピエールは浩志に圧倒されたのか、口を噤《つぐ》んだ。あるいは咄嗟《とっさ》に思い浮かばなかったのだろう。

「おまえの言う被害者は、バラクラバを被った五人で全員特殊警棒を持っていた。あれが一般市民だったのか？」

浩志の追及にピエールは顔を背《そむ》けた。

「その男を私の執務室に連れて来い。ピエール警部、後で話を聞かせてもらおう」

首を傾げた署長は最初に銃を向けてきた二人の警察官に命じた。ピエールの態度は、明らかに不審である。命令を受けた二人が近付いてきた。

「近寄るな」

浩志は男たちを睨みつけると、勝手に建物に入り、署長を追った。

「まっ、待て」

二人の警察官は慌てて浩志の前に出て歩き出した。尋問室でなく署長の執務室と言われた彼らは、かなり戸惑っているようだ。

中央にある階段を四階まで上がり、廊下を右に曲がると、奥の部屋の前に署長が立っている。

「手錠を外してくれ」

浩志は両手を揃えて上げた。

「話を聞いてからだ」

渋い表情をした署長は、首を横に振った。不当逮捕の事情を何も知らないらしい。

溜息をついた浩志は、仕方なく部屋に入ると、執務机の前にある椅子《いす》に勝手に座った。

八畳ほどの狭い部屋で、本棚と執務机と椅子があるだけだ。

「私は署長のマルセル・ヴィルトールだ。忘れ物を思い出して、たまたま署に戻ったら夜中にこの騒ぎだ」

肩を竦めたヴィルトールは、執務机の椅子に座った。おそらくピエールは署長がいないことを前提に浩志を拘束したのだろう。彼に指示した人間の見当はついている。

「浩志・藤堂だ。外人部隊副連隊長のマニュアル・プラティニ中佐に呼ばれて、ラファイリ基地に来ている。俺の身分は、彼に確認してくれ」

詳細を話すのが面倒なので、プラティニの名前を出した。

「なっ！」

両眼を見開いたヴィルトールは、腕時計を見た。プラティニが、基地にいるかどうか気にしているようだ。

「軍人は、二十四時間体制だ。気にするな。それから本人が出たら、俺に電話を替われ」

浩志は足を組んで、座り直した。

「はっ、はい」

ヴィルトールは、慌てて机の上の電話の受話器を取った。

二

翌日の夜明け前、浩志はT20を走るパトカーの後部座席に座っていた。

昨夜と違うのは、容疑者としてではなく、客として乗っていることだ。

暴行の容疑は、署長室に入って十分後には虚偽《きょぎ》だと判明した。署長のヴィルトールはプラティニ中佐に電話をかけ、彼から内容こそ話せないが浩志が外人部隊の重要な任務に就《つ》く人物であると説明を受けたようだ。

その上でヴィルトールは現場の指揮を執《と》ったピエールに問いつめたところ、あっさりと浩志に落ち度はないと認めている。だが、脅《おど》されているのか誤認逮捕だと主張し、誰の命令なのかは、最後まで口を割らなかった。

浩志はカルヴィまで戻るのは時間の無駄なので、アジャクシオ市内のホテルで三時間ほど仮眠し、コルス島東岸にあるソレンザーラ空軍基地に向かっている。不当逮捕を告訴しないという条件でホテル代は警察署に支払わせた。また、タクシー代わりのパトカーの手配も同じく、ヴィルトールにさせたのだ。

午前三時にアジャクシオのホテルを出た浩志は、パトカーに乗り込んで島の反対側にあるソレンザーラ空軍基地に向かった。

途中T20から車がすれ違うのがやっとという狭い山岳道路を抜け、T50で東海岸の街アレリアを経由し、二十四キロほど南下して二時間半後に空軍基地に到着した。

パトカーが正面ゲートを通過し、基地の中央にある並木道をぬけて滑走路の西側にある格納庫の脇を通ると、空軍の輸送機C160トランザールがすでにエプロンに停まっていた。

国家憲兵隊のラコブ大尉をリーダーとした捜査チームは、午前六時に離陸予定の輸送機に便乗し、トルコのアダナにあるインシルリク米空軍基地に移動することになっていたのだ。

夜明け前の薄明かりに浮かぶC160の後部ハッチの近くに、憲兵隊の制服を着た六人の兵士と二人の外人部隊の兵士が立っている。遠目であるが、兵士らは言い争っているようだ。彼らの目の前に浩志は、パトカーを停めさせた。

パトカーに八人の兵士の目が釘付けになっている。

「藤堂さん」

外人部隊の戦闘服を着た柊真が、浩志が後部座席から降りると駆け寄り、敬礼をした。浩志は、彼らと一緒に行動する予定だったのだ。

浩志はジーパンに紺色の綿のブルゾンという格好だが、空軍の輸送機に乗る手前他のメンバーは全員戦闘服を着用している。

「ミスター・藤堂、クリストフ・アンリであります。捜査協力ありがとうございます」

柊真に続き、〝GCP〟ユニットのリーダーであるアンリ大尉が浩志の前に立って敬礼をしてきた。プラティニに柊真と一緒に空軍基地に来るように言っておいたのだ。

「藤堂さん、それが、ラコブ大尉が、アンリ大尉の同行は認めないと、輸送機の搭乗を拒絶したのです」

柊真が浩志の耳元で言った。言い争いをしていたのは、アンリとラコブのようだ。

「任せろ」

浩志は表情もなくラコブの前に立った。身長はラコブの方が、二センチほど高いようだが、胸板の厚さは変わらない。浩志は現役の〝GCP〟隊員と変わらぬ肉体を維持するために訓練を続けているからだ。

「遅いぞ。置いていくところだった」

ラコブは腕組みをし、睨みつけてきた。

「おまえは、底抜けの馬鹿だ」

浩志は幾分目を細め、口元を綻《ほころ》ばせた。

「遅刻した上で、侮辱《ぶじょく》するつもりか？」

眉間に皺を寄せたラコブは、胸を突き出した。

「あらかじめ警察に通報し、五人の部下をけしかけて俺を逮捕させた。子供じみた策略だ」

「いったい、何を言っているのだ？」

わざとらしく両掌を上に向けて首を傾げてみせた。

「俺に濡《ぬ》れ衣《ぎぬ》を着せて警察署に勾留《こうりゅう》させ、イスタンブール行きの輸送機に間に合わないようにすることだ」

「何のためだ。輸送機に乗れなくても、民間機でイスタンブールに向かえばいいだろう」

ラコブは右手の小指で耳の穴の掃除をはじめた。冷徹な視線を向ける浩志に屈辱《くつじょく》的な態度を取ることで、抵抗しているのだろう。

「捜査は極秘任務だ。一緒にここから出発しなければ、契約は無効になるというわけだ。俺がそれを知らなかったとでも言うのか？」

浩志は人差し指を自分のこめかみに当てた。

「なるほど、そこまでは、気が付かなかったな。だが、私の部下がおまえを襲った証拠はどこにある?」

浩志の瞳を覗《のぞ》き込むように見ていたラコブは、視線を外した。幾多の戦場で数え切れないほどの死を見てきた浩志の瞳の奥には、荒涼とした地獄の闇が潜んでいる。ラコブはその闇を見たらしい。常人が凝視《ぎょうし》できるような生易《なまやさ》しいものではないのだ。

浩志は彼の部下を一人一人上から下へと見て、観察すると、二人の兵士の右脇腹を次々と叩いた。

「げぇっ!」

二人の兵士は、悲鳴を上げて膝《ひざ》をついた。昨夜浩志の肘打ちで肋骨《ろっこつ》を痛めたのだ。完全に折れてはいないだろうが、ひびは入っているようだ。息をするだけで痛いはずだが、我《が》慢《まん》して立っていたらしい。タフな男たちである。昨夜襲ってきた連中は、バラクラバを被《かぶ》っていたため顔は見ていないが、体型は覚えていたのだ。

「俺は二人の暴漢の肋骨を折ってやった。おまえの部下は、偶然にも同じ場所を痛めていたようだな」

「…………」

ラコブは脇腹を押さえて苦しむ部下を見て、苦々しい表情になった。

「アンリ大尉を連れて行く。文句はないいな」

「…………」

ラコブは肩を竦めた。言葉を発することを忘れたらしい。

「俺のバックパックは持ってきたか?」

浩志は柊真に、カルヴィ・ホテルに置いてきたバックパックを持って来るように頼んであった。財布やパスポートなどの貴重品は身に着けているので、大したものは入っていなかったが、下着や衣類などをイスタンブールで買い揃えるのは面倒だからだ。

「もちろんです」

柊真は笑顔で頷いた。浩志とラコブのやりとりが面白かったのだろう。

「行くぞ」

浩志はC160の後部ハッチに足を向けた。

三

ターボプロットエンジンのC160、トランザールの生産は一九六五年からはじまり一九八五年に終了している。

一九八五年に生産された機体でさえ三十年以上経っているのだが、フランス空軍では未だに現役というわけだ。ほかにも中型輸送機は一九九六年に生産が終了したロッキード社のC130Hのように比較的新しい機種もあるが、いずれにしても財政が破綻《はたん》状態のフランス軍は、物持ちがいいようである。

午前六時にコルス島のソレンザーラ空軍基地を離陸したC160は、地中海上空からトルコ領空に侵入し、着陸態勢に入った。午前十一時六分になっている。

「予定通りか」

柊真は、独《ひと》り言《ごと》のように呟《つぶや》いた。全員機体の壁面に設置されている折り畳み椅子に座っている。

柊真の隣りに座っている浩志は離陸すると、すぐさま腕を組んで目を閉じている。だが、見知らぬ兵士がいるところで、眠ることはない。

「あいつらは、予定通り陸路で移動するつもりか？」

浩志は目を閉じたままそれとなく尋ねた。

ラコブからは、インシルリク米空軍基地から陸路でイスタンブールに向かう予定だと聞かされていた。というのも、米空軍基地内に駐屯《ちゅうとん》しているフランス陸軍から武器の供給を受けるためだ。

イスタンブールのアタテュルク国際空港は、二〇一六年六月二十八日に、死者四十四人、負傷者二百三十八人もの犠牲者を出した銃撃と三件の自爆テロが発生している。空港の荷物検査は厳重に行われている。そのため、武器を手に入れた後、国内線でも飛行機での移動ができないのだ。

「前回の任務でもそうでした」

柊真は、生真面目《きまじめ》に答えた。

「軍法会議は六日後だぞ。移動に一日無駄にするつもりか？」

空軍基地からイスタンブール市内までは、九百六十キロはある。車を休みなく走らせても十時間前後かかるだろう。

「馬鹿馬鹿しい」

浩志は小さく首を振ると、口を閉じた。柊真と交通手段を話したところで何も変わらない。彼は手錠をしていないだけで、憲兵隊から見れば容疑者なのだ。

十分後、Ｃ１６０はインシルリク米空軍基地に着陸した。

荷物を担いだ浩志らが後部ハッチからエプロンに降りると、三台の白いバンが停まっていた。移動用の車なのだろう。

「全員、車に乗れ！」

先頭に置いてある車の前に立ったラコブが、部下に命じた。

「俺たちは、飛行機で行く。一台借りるぞ」

浩志は最後尾のバンに足を向けた。民間機が発着するアダナ・シャキルパシャ空港は、十六キロほど離れている。旅客機ならイスタンブールまでは、二時間弱のフライトで行くことができるのだ。

「ふざけたことを言うな。おまえたちと違って我々は、武器の携帯をする。だから陸路で行くんだ。勝手な行動は許さない」

駆け寄ったラコブが浩志を遮った。

「それなら、イスタンブールで武器を揃えればいい」

浩志はイスタンブールにあるトルコの傭兵代理店で、武器を揃えるつもりだった。

「我々に無駄な経費を払って、傭兵の真似をしろというのか。いいか、あんたは確かに俺の部下じゃない。だから命令に従わなくてもいいと思っているのかもしれないが、外人部隊の二人はフランスの軍人だ。捜査中は私の指揮下に入る。どうしても飛行機で行きたいのなら一人で行くんだな」

ラコブは勝ち誇ったように言った。イスタンブールに傭兵代理店があることを知っているようだ。

「武器を携帯したいのなら、部下に車で持って来させればいい。十時間も車で移動して、時間を無駄にするつもりか。それとも、捜査を意図的に遅らせるのが目的か」

「ばっ、馬鹿な。そんなはずがないだろう」

うろたえたもののラコブは、視線を逸《そ》らさずに浩志を睨みつけてきた。嘘はついてないようだが、不審な動作だ。

「待てよ」

振り返った浩志は、ラコブの部下を改めて見た。現場検証が中心になる捜査に、六人もの憲兵隊の兵士はいらないはずだ。とすれば、他にも彼らは任務を持っている可能性がある。

浩志はラコブを肩で押しのけ、先頭のバンの後部ドアを開けた。荷台にコーヒーと記された木箱がいくつも積まれている。サイズは幅六十センチ、奥行きは五十センチ、高さは五十センチ、さほど大きくはない。

「おまえたちの本当の任務は、なんだ？」

木箱の蓋を開けた浩志は、箱に詰まっているコーヒー豆の中に手を突っ込んだ。予想通り、短機関銃Ｈ＆Ｋ　ＭＰ５である。豆の中から取り出さなくても手触りで分かった。ストックが収納されているため、銃の全長は五百五十ミリに過ぎない。コーヒー豆の木箱に隠すにはちょうどいい大きさである。

憲兵隊が携帯するのなら、ＰＡＭＡＳ　Ｇ１で、十分なはずだ。コンパクトで火力が強力なＭＰ５は、必要ない。

「……任務は、ミゲル曹長の死亡の原因調査だ」

ラコブは一瞬口ごもった。即答できなかったことが、いかにも怪しい。

「どうせ、取り逃がしたテロリストの捜索と逮捕なんだろう」

「なっ！」

ラコブは両眼を見開いた。鎌をかけたのだが、分かりやすい男である。

「〝GCP〟の選抜ユニットに出来なかったことが、おまえらに出来るのか？　トルコ警察にテロリストと間違えられるのがオチだ」

浩志は鼻先で笑った。

「我々のチームに裏切り者はいない。その分、任務に専念できる。〝GCP〟とは違うのだ」

ラコブは皮肉な笑顔を浮かべた。彼らは国家憲兵隊の対テロ特殊部隊なのだろう。だが、浩志に束《たば》になっても敵《かな》わない実力しかない。

「二人は、脇腹を痛めて使い物にならない。俺が本気を出せば、おまえら全員を倒す自信もある。身の程を知れ」

浩志が冷めた表情で憲兵隊のチームを見ると、きまり悪そうな顔をしている。彼らは昨夜自分たちの体《てい》たらくを嫌というほど分かったはずだ。

「…………」

舌打ちをしたラコブは、憮然《ぶぜん》とした表情になった。

四

午後二時二十分、浩志はアタテュルク国際空港のタクシー乗り場に立っていた。アダナ・シャキルパシャ空港を午後十二時三十分に離陸したターキッシュ・エアラインズに乗って来たのだ。

浩志が黄色いエアポートタクシーの後部座席に乗り込むと、グレーのジャンパーにTシャツ、ジーパンというラフな格好の柊真が乗り込んできた。後ろに停まっているタクシーにも私服姿のアンリとラコブが、乗ろうとしている。

インシルリク米空軍基地で浩志を除いた八人は、戦闘服から私服に着替えていた。浩志もそうだが、全員ジャケットやジャンパーを着ている。昼間は三十度近くある気温も、夜には二十度を切ることもある。湿度が低いせいで体感温度はさらに下がるため、ジャケットは必需品だ。外人部隊の柊真とアンリは武器の携帯は許されていないが、ラコブら憲兵隊の連中は銃を隠すためにもジャケットが必要なのである。

結局ラコブは浩志の提案を受け入れる形で武器は部下たちに車で移送させ、四人は飛行機で移動したのだ。だがそれは、現場検証はラコブ一人で充分と判断したからだろう。もともと彼らにとって、軍法会議にかけられる柊真のことなど、どうでもよかったに違いない。彼ら国家憲兵隊の重要任務は、他にあるということなのだろう。

「ブルーモスク、トーラン・SKに行ってくれ。ケネディー・アベニューを通るんだ」

浩志は運転手に告げると、腕を組んで目を閉じた。少々睡眠不足なのだ。

渋滞《じゅうたい》を避けてE5高速道路ではなく、海岸道路であるケネディー・アベニューを選んだのだが、途中のジャンクションで渋滞している。それでもE5を通るよりは、早く目的地に着けるだろう。

三十五分後、浩志らはブルーモスクの東側にあるトーラン・SK沿いのパーキング前でタクシーを降りた。八日前〝GCP〟の銃撃戦があった場所は、ここから八百メートルほど離れているが、事件当日の足取りを一から追うためである。

「私とミゲル曹長は、ここから徒歩で〝サベサン・カフェ&レストラン〟に行きました」

柊真は浩志の前に立って歩き始めた。

「私は准尉らとは別に撃たれた上級曹長と行動していました」

浩志と並んで歩いているアンリが補足した。ラコブは不機嫌《ふきげん》そうな顔で付いて来ている。浩志にイニシアチブを取られていることが不満なのだろう。

四人はやがて路地の〝サベサン・カフェ&レストラン〟の前で立ち止まった。午後三時近いが、店は食事をする客で満席状態である。

「我々がターゲットとしていた二人の男と見知らぬアジア系の男が、店の奥の席に座っていました。これがその時の写真です。手前の二人は、ヤセル・テミヤトとファハド・アル・シェフリー、アルジェリア系フランス人です」

アンリがジャケットのポケットから数枚の写真を出した。解像度はあまりよくないが、角度の違う写真六枚に、三人の男の顔が写っている。

「当日は全員隠しカメラが付けられた眼鏡をかけていました。眼鏡のズレを直す仕草でフレームに触れると、シャッターを切ることができる優《すぐ》れものです。極秘任務でしたが、報告書を作成するために撮影していたのです。並んで座っているのが、我々のターゲットでした」

柊真は写真の二人の男を指差した。

「三人目の身元は割れているのか？」

浩志は写真を見ながら歩き始めた。カフェ＆レストランは満員で、店先のテーブル席も客で溢《あふ》れている。誰しも会話に夢中だが、聞かれていい話ではない。

「分かっていません」

案内役の柊真は店の前を通り過ぎ、次の角で左折した。彼も店の客を気にしていたらしい。

「待ってくれ」

浩志は三叉路《さんさろ》になっている交差点で立ち止まった。

「どうされたんですか？」

坂を下りようとした柊真が、振り返っている。

「まっすぐ進めば上り坂になる。だが、左に曲がれば下り坂になる」

浩志は交差点の角に立ち坂道を見上げた。柊真とアンリは首を捻っている。

「ただ逃げるのなら、坂を下った方がいい。だが、銃撃戦を予測したのなら、坂を上った方がいいということか」

手を叩いたラコブが、浩志の説明の続きを言った。憲兵隊の捜査官だけに浩志の考えていることが分かったらしい。

「なるほど、銃撃戦になった場合は、上から下に撃った方が有利ですね。それに追う側も下から狙うのは不利です。にもかかわらず、犯人は坂道を下って撃ってきた。犯人は銃の知識がなかった可能性もありますね」

柊真も浩志の言ったことはある程度理解したらしい。

「素人《しろうと》が撃った弾に、たまたま当たったのか？」

浩志は鼻で笑うと、三叉路を曲がらずにまっすぐ歩いた。暗闇で坂の下にいた敵にアンリと一緒にいた上級曹長は撃たれたのだ。決してまぐれではない。

坂を上っていくと、百メートルほど先の交差点の角で工事が行われている。右手にかなり古い煉瓦《れんが》作りの建物があり、一部が崩落し、道路の半分ほどを塞いでいた。

浩志は道路で煉瓦を片付けている作業員に片言のトルコ語と英語を交《まじ》えて尋ねてみた。すると、建物は十日ほど前に改修工事中に崩れて道を塞いだという。文化的な価値がある建物のため、調査に五日ほどかかり、撤去《てっきょ》作業が始まったのは、二日前らしい。

「犯人は、脱出経路を調べていたということだ」

浩志は犯人の写真を改めて見た。パリでテロを起こした二人は、いずれも二十代だが、三人目は五十歳前後、アクの強い顔をしている。おそらくこの年長の男が、主体的に動いているのだろう。この男が若い二人と会う前に、あらかじめ脱出経路を調べておいたに違いない。

踵《きびす》を返した浩志が坂を下り始めると、柊真は先頭に立ち最初の三叉路で右に折れて、次の三叉路で右に曲がって進んだ。左に曲がればトーラン・ＳＫに戻る。

「ここで、追っていた三人は左に曲がりました」

１ブロック先の交差点で、柊真は坂道を下り始めた。

五

午後三時十分、柊真は交差点から二十メートルほど坂を下ったアパートの前で立ち止まると、不安げな表情で周囲を見渡した。

発砲があった現場らしいが、事件は八日前である。

「地元の警察も馬鹿じゃないんだ。何も残っていない。現場はもう特定できないだろう。トルコまでわざわざ来たことを後悔《こうかい》しないといいがな」

一番後ろを歩いていたラコブが、皮肉たっぷりに笑って見せた。浩志の提案をあっさりと受けて飛行機に乗ったのは、やはり捜査を最初から真面目にする気はなかったからだろう。

「無能なやつは、すぐ諦めるものだ」

アパートの壁を調べていた浩志は、ぼそりと言った。

「貴様！　私のことを言っているのか？」

ラコブの顔が真っ赤になった。自分のことだと分かったらしい。

「落ち着いてください」

柊真は浩志に飛びかかろうとしたラコブを羽交《はが》い締めにして制止した。

「これを見ろ」

浩志はラコブを無視して、アパートの壁を指差した。一メートル八十センチほどの高さの位置に赤黒い点々やグレーのシミがある。

「血痕《けっこん》ですか？」

アンリが壁に顔を突き合わせるように近づき、呟いた。

「赤黒いのは血痕だが、グレーのシミは脳漿《のうしょう》だ。准尉の撃った弾丸が、曹長の頭部を貫通した証拠だ」

　壁に手をついた浩志は、シミの説明をした。血痕は脳漿のシミを中心に楕円《だえん》形に広がっている。頭部を貫通した弾丸は、威力を失って壁に当たって路上に落ちたのだ。

「本当ですか」

　ラコブを放した柊真は、壁に近付いて血痕の位置を確かめた。

「この壁は直射日光が当たる。劣化《れっか》が早いんだ」

　浩志は道路を調べながら答えた。道路には血痕はない。イスタンブールでは、二日前と三日前に雨が降っている。路面は洗われてしまったのだろう。

「ここです。この位置からミゲル曹長が撃ってきたのです」

　壁の血痕を改めて見た柊真は、記憶が蘇ったらしく、興奮した様子で言った。

「ミゲルの身長は一八二センチだったな。銃撃中だとすれば、腰を落としていたはずだ。血痕のパターンから見て、斜め前方から准尉は撃ったのだろう」

　浩志は坂道の反対側を指差した。

「その通りです」

　柊真は大きく頷き、坂道の下を見た。

「准尉、自分の立っていた位置まで行ってみろ。アンリ、おまえはミゲルの位置に立っているんだ」

浩志は壁の血痕を見ながらアンリに立つ場所を指示すると、道を渡った。

「私は、この位置から道の下に向かって発砲していました」

柊真は坂道の下に向かって体を向けた。アンリの位置からは時計の針で十一時の方向である。

浩志は柊真のすぐ隣りに立ち、右腕を五時の方向に向けた。右手の先にアンリが立っている。位置は間違いないようだ。

「アンリ、そこはもういい。当日の自分の位置に立て」

この通りの人気は少ないが、観光客がちらほら歩いている。坂を下った二十メートル先に三叉路があり、角にカフェがあった。人気の店なのか、観光客はそこを目当てにしているらしい。

アンリは坂を下りて、さりげなくカフェの前に立った。

カフェにはオープンテラスがあり、テラスのテーブル席には客が座っている。まさか浩志らが発砲事件の現場検証をしているとは思わないだろう。

「事件当時、あの店はやっていたのか？」

「カフェは午後八時で閉店なのです。そのため、この通りはひっそりとしていました。追っていた三人の男たちは、次の交差点の角から発砲してきました。カフェから斜め向かいである十時の方向です。私の位置からは十二時方向、およそ三十五メートル下になります」

柊真はまっすぐ右手を伸ばした。ハンドガンの射程圏内ではあるが、敵を撃つには場所が悪い。歩道のすぐ近くの路上である。体をさらけ出してしまうからだ。

三人のテロリストを尾行していてアンリと部下の上級曹長は距離を縮めすぎたのだろう。振り返った敵は、苦もなく二人を銃撃したに違いない。

「敵は身を隠せるが、おまえはどうしたんだ？」

「乗用車が路上駐車してありました。私はその陰に走り込んだのです。そのため、意識せずに低い姿勢になったので、ミゲル曹長の銃弾を避ける形になりました」

柊真は身を屈めてみせた。彼の前方にはベージュの壁の地下室がある三階建ての建物がある。三階は人が住んでいるのかもしれないが、一階と二階は店や事務室に使えそうな広さの部屋があった。テナントを募集しているのか、カーテンもかけられておらず、家具も置いていない室内が見える。

建物の中央には四段の大理石の階段があり、その奥に薄ピンクの玄関ドアがある。柊真の立っている位置から考えて、ミゲルが柊真を銃撃したとすれば、玄関の右側の壁に当たったはずだ。コンクリート製なのでミゲルの弾丸は跳《は》ね返って路上に落ちたのだろう。

だが、イスタンブールの警察は、ミゲルの弾丸を発見していない。そのため、柊真が疑われることになったのだ。

「うん?」

三階建ての建物の玄関周辺を調べていた浩志は、玄関横にある雨樋《あまどい》のパイプのすぐ横の壁が丸く欠けていることに気が付いた。

近付いて見ると、雨樋のパイプに直径一センチほどの穴が開いている。高さは路面から一六〇センチほどだ。壁に当たった弾丸が跳ね返って、薄いブリキのパイプに穴を開けたらしい。

「柊真、俺の前に立て」

浩志は通りを見渡して柊真の陰になると、歩道に近い雨樋のパイプを蹴って外した。

「どっ、どうしたんですか?」

柊真が慌てている。

「気にするな」

浩志は歩道に開いた穴を覗きこんだ。下水に繋がっているのだろう。下手《へた》をすると、下水道まで調べる必要がある。ポケットからペンライトを出して穴を照らした。
三、四センチほど下にゴミが堆積《たいせき》している。この雨樋は詰まっていたらしい。人差し指と中指で、ゴミを摘み上げ、歩道の石畳《いしだたみ》の上に置いた。
「ついてたな」

浩志が指先でゴミをほぐすと、弾丸が出てきたのだ。

六

午後十一時、イスタンブールの旧市街、ティアトロ通り。

通り沿いのベストウェスタン・ザ・プレジデントホテルの〝イングリッシュ・バー〟のカウンター席で、浩志はスコッチウイスキーを飲んでいた。

普通のバーならいつものターキーを頼むところだが、たまにはとスモーキーなアクの強いスコッチウイスキーを頼んだ。

〝イングリッシュ・バー〟は、ベストウェスタン・ザ・プレジデントホテルの一階にあるため、路面店と変わりはなく気軽に利用できる。また、トルコでは珍《めずら》しいスコッチウイスキーの専門店ということもあり、観光客だけでなく地元でも人気らしい。

近年イスタンブールでも洒落たバーが増えてきたが、若者中心のワインバーが多いので、スコッチバーは希少価値がある。トルコは良質なワインが生産されているので、ワインは定着しているようだ。

浩志はベストウェスタン・ザ・プレジデントホテルにチェックインしたが、スコッチを飲みたいためではない。イスタンブールの傭兵代理店に一番近いホテルとして、予約しておいたのだ。だが、このホテルにする意味はすでになくなっていた。

ミゲルが柊真を銃撃したと思われる弾丸を浩志が発見したため、一時間足《た》らずで捜査は終わったからだ。目撃者がいないため、これ以上の捜査はできない。何日か滞在するのなら代理店で護身用の銃をレンタルするつもりだったが、必要なくなった。

カウンターは十席の丸椅子とテーブル席が二十席、合計九十の座席がある。土曜日だけに満席に近く、少々騒がしい。

「藤堂さんが発見した弾丸で、私の無実は証明されるでしょうか？」

隣席の柊真が、エールビールを一気に飲み干《ほ》すと尋ねてきた。彼も浩志に付き合って、同じホテルにチェックインしている。ミゲルの弾丸が見つかったため、ラコブは現場の捜査が終了したと判断し、基地に帰還するまで自由に行動することを許可した。ラコブも柊真が潔白であると認識したのだろう。

「ライフリング（旋条痕《せんじようこん》）を調べる必要はあるが、おまえの証言とたまたま合致する場所に、関係のない弾丸が発見されることはまずあり得ないだろう。それに死人は銃を撃てないからな」

浩志はグラスのスコッチウイスキー、ザ・グレンリベットの十二年ものを飲んでいる。燻《いぶ》されたピートが香り立つバランスのいいウイスキーである。

「死人？　なるほど、私はミゲルを一発で抑止しました。私が先に銃撃したのでは、死んだミゲルが撃ち返すことはできませんからね」

　柊真は頷くとバーテンダーにビールのお代わりを頼んだ。

「ところで、やつらはもう合流したが、作戦はいつ遂行《すいこう》するんだ？」

　明後日《あさって》の午後、浩志も含め今回の捜査に参加した者は全員、インシルリク米空軍基地からコルス島のソレンザーラ空軍基地に向から輸送機で帰還する予定になっている。浩志は外人部隊の基地で行われる査問委員会で証言することになっていた。そのため、ラコブら憲兵隊のチームが別の作戦を遂行するなら、明日までということになる。

　アンリは、ラコブらとともに旧市街の北側にあるロータスホテルにチェックインしている。ラコブらと一緒に別の作戦に参加するつもりらしい。取り逃がした三人のテロリストの顔を知っているということもあるが、前回の作戦の失敗に対する責任を感じているのだろう。柊真も同じく作戦への参加を望んだが、彼は査問委員会も終えていない身ということで、拒絶された。

　当初アンリの帯同を許さなかったラコブは、柊真の捜査が終わると態度を軟化させたらしいのだが、理由がある。車で移動してきたラコブの部下は、午後九時過ぎにイスタンブールに到着したのだが、そのうちの二人が具合を悪くしたのだ。浩志が肋骨を折った二人である。そのため、アンリが参加を希望したことを幸いにラコブは欠員を補充したようだ。

「ラコブ大尉は、作戦のスケジュールをまったく教えてくれませんでした。まだ容疑者扱いですから」

柊真は自嘲《じちょう》気味に笑うと、ビールを一気に呷《あお》った。ラコブ大尉は柊真の潔白は理解したはずだが、軍の作戦に参加させるには査問委員会の許可が必要なのだろう。

「だろうな」

浩志はターキーのように、ストレートグラスのスコッチウイスキーを喉《のど》の奥に勢いよく流し込んだ。

午後十一時半、二台のバンが、旧市街の北側ムラット・エフェンディ・SK沿いの二階建てのアパートの前に停車した。

この辺《あた》りはいわゆるシャッター街で、昼間でもシャッターを閉じたままの古い店が軒《のき》を連《つら》ねている。壁やシャッターは、トルコ語や英語の落書きで埋め尽くされていた。一本北側の道キブラ・セスメCd通りは活気が溢れる個人商店街があるが、この時間まで営業している店はなく、人通りは途絶《とだ》えていた。

ライトを消した二台のバンから、バラクラバを被った五人の黒い戦闘服を着た男たちが飛び出してきた。手にはMP5を持っている。ラコブと三人の部下、それにアンリで、浩志が怪我《けが》させた二人の男は運転席に残っていた。

「行くぞ」

ラコブが右手を軽く振ると、後続の四人の男たちは走り出した。

五人の男たちは、二十メートル先の三階建てのアパートの玄関先に到着すると、左右に分かれて壁際に張り付いた。

無言でラコブはドアの反対側についた男に、ハンドシグナルでドアノブを示す。

命じられた男は鍵が掛かっていることを確認すると、ドアの隙間《すきま》にサバイバルナイフを差し込んでこじ開けた。

「行け、行け」

ラコブの号令で、ドア横に待機していた男たちが次々と室内に突入する。三人の男たちの後に、ラコブと急遽《きゅうきょ》加わったアンリが遅滞なく続いた。浩志は彼らを簡単に撃退したが、それなりに訓練を受けた兵士だったらしい。

男たちは階段で三階まで上がり、廊下の一番奥にある部屋の前に到達すると、ラコブが先頭の男に右手をドアに向けて振って見せた。

命じられた男がドアを蹴破った。

男たちが部屋に突入する。

轟音《ごうおん》！

部屋から炎が噴き出し、爆発した。

第三の男

一

イスタンブール旧市街の中心部からやや西側にメディカル・パーク・フェイス病院があった。目の前の考古学公園をはじめとした緑溢れる公園に囲まれ、病院はいたって静かで環境のいい場所にある。

翌日の午前九時、浩志と柊真は、メディカル・パーク・フェイス病院前でタクシーを降りた。正面には五階建て、右側には六階建ての病棟が建っている。

二人は正面にある病棟に入り、受付で面会の許可を得ると、エレベーターで最上階に上がった。

「ここですね」

柊真はエレベーターホールから三つ目の病室の前で立ち止まった。

昨夜、ラコブ率いる憲兵隊の特殊部隊が旧市街のアパートに突入した際、室内が爆発し、最初に部屋に侵入したラコブの三人の部下が死亡した。彼らの後ろにいたラコブも重傷で集中治療室に入っている。かなり危ない状態らしく、面会はできない。アンリはラコブの後ろにいたため、比較的軽傷ですんだらしい。助《すけ》っ人《と》だったため、しんがりにされたようだ。

「大丈夫ですか？」

先に病室に入った柊真は、横になっているアンリに声をかけた。額に包帯を巻き、右手を三角巾で吊っている。

「来てくれたのか。私は悪運が強いらしい、大したことない。二、三日で退院できるだろう。ムッシュ・藤堂も、わざわざすみません」

アンリは怪我をしていない左手を振って見せた。彼の状態は受付で聞いており、頭を十二針、それに右腕も八針縫《ぬ》っている。だが、二、三日で退院できるらしい。

「おまえたちの武器はどうした？」

浩志は念のために尋ねた。現場に駆け付けた地元の警官隊や消防隊が、負傷した彼らを武器と一緒に発見していたら彼は今ここにはいないだろう。

「私が無線で、バンに待機していた二人に武器だけ回収させたのです。武器が見つかれば、極秘作戦が露呈《ろてい》し、トルコ政府と国際問題になりますから」

アンリは苦笑した。待機していた二人の部下は肋骨を痛めているため、負傷したラコブとアンリを運び出すことはできなかったようだ。

「襲撃したアパートには、前回〝GCP〟が追っていたのと同じテロリストがいるはずだったんだろう」

浩志は病室の入口近くの壁にもたれて質問を続けた。

「そうです。ヤセル・テミヤトとファハド・アル・シェフリーの二人が、潜伏《せんぷく》しているという情報があったのです」

アンリは項垂《うなだ》れた様子で答えた。二度もテロリストを取り逃したのだ。落ち込んで当然である。

「三人目のやつは、どうした？」

浩志はパリで爆弾テロ事件を起こした二人のテロリストよりも、まだ身元の分からない年配の男の方が気になっていた。

「一緒にいたのかもしれませんが、把握しておりません」

アンリは首を振った後、訝しげに浩志を見た。彼は手配されていた二人のテロリストだけ、気にしているらしい。

「三人目の男の方が、はるかに危険な気がする。そうは思わないか？」

浩志は柊真とアンリを交互に見た。

「確かに年配ですので、二人にとって指導者的な立場かもしれませんね」

柊真がアンリに代わって答えた。

「テミヤトとシェフリーは、実行犯だとしても小物だ。たとえ捕まえてもテロの抑止にはならない。あの三人目の男を捕まえなければ、昨日と同じことが今後も起きるだろう。この写真をもう一度よく見てみろ」

浩志はジャケットのポケットから数枚の写真を出した。柊真ら〝ＧＣＰ〟のチームが九日前にカフェで撮った写真だ。写真は全部で六枚あるが、その内の四枚の写真で、男は横目であるがカメラに視線を向けているように見える。

「我々に気がついていたのか！」

写真を見たアンリが声を上げた。

「そうだ。ただ者じゃない」

「ミゲルが事前に我々のことを知らせたんじゃないのですか？」

アンリは眉間に皺を寄せて首を傾げた。

「それはあり得ません。私と一緒に行動していたために連絡はできなかったはずです」

柊真は首を左右に振った。

「年配の男は、壁を背にして座っている。店内の客だけでなく、店に入ってくる客を監視しているのだ。だが、若い二人の男たちは大勢の客に背を向けている。顔を見られないようにしているのだろうが、あまりにも無防備だ。二人の男たちが逃走経路を事前に調べたのではないだろう」

年配の男の行動パターンが分かるような気がする。浩志は傭兵として長年生活し、臆病《おくびょう》といえるほど用心深く行動し、生き延びてきた。おそらくこの男も幾度も修羅場《しゅらば》を潜り、身の安全を図《はか》る術《すべ》を学んだのだろう。

「とすれば、あの男が隠れ家に爆弾を仕掛けたのですか？」

アンリが険しい表情になった。

「可能性はある。テミヤトとシェフリーが潜伏していたというアパートの情報は、どこで手に入れたのだ？」

浩志はアンリに視線を向けた。

「ＤＧＳＥ（対外治安総局）だと思います。少なくとも九日前の我々の作戦をするための情報は、ＤＧＳＥから入手しました」

アンリが不安げな表情で答えた。

「だったらすぐに上官に連絡して、情報源を調べてみろ」

浩志はアンリに自分の衛星携帯を投げ渡した。

二

旧市街の北側ムラット・エフェンディ・ＳＫ。

朝一番で柊真とともにアンリの見舞いに行ってから、浩志は昨夜ラコブら憲兵隊の特殊部隊が急襲したアパートの爆発現場を調べていた。時刻は午前十時四十分、現場検証をしていた警察隊は二十分ほど前に帰っている。

アパート一階の出入口には黄色いバリケードテープが張り巡らされていたが、現場を保全する警察官の姿はない。爆発で五人の死傷者を出したが、テロではなく事故として扱われた。というのも爆発したのは爆弾ではなく、部屋に充満した都市ガスだったからだ。

「これが起爆装置だろうな」

浩志は部屋の片隅《かたすみ》に落ちているラジコンカーと思われる燃えかすを指先で弾《はじ》いた。

「警察は気が付かなかったようですね」

柊真は燃えかすを拾って眺めた。

「鑑識は古いアパートでテロが起きたとは、想像もできなかったんだろう」

「それにしても、テロリストらはどうして急襲を察知したのでしょうか？」

病院で浩志はアンリに、上官に電話をかけさせ憲兵隊にテロリストの情報源をどこから得たのか確かめさせた。すると、トルコで古くから諜報活動をしているDGSEの諜報員からということが分かった。

トルコ市内の隠れ家はあらかじめ調べ上げられていたらしく、九日前のテロリストの情報は、アパートからDGSEの諜報員がカフェまで尾行してアンリのチームに居場所を教えたらしい。

「尾行されたことを知ったテロリストらは、逃走するどころか罠を仕掛けていたということだ。俺から言わせれば、攻撃する側が安易だったに過ぎない」

浩志が溜息を漏らして立ち上がると、ジャケットのポケットの衛星携帯が振動した。

画面で、呼び出し音を鳴らす相手を確かめると、通話ボタンを押した。

——藤堂さんですか？

世界でもトップクラスのプログラマーであり、ハッカーでもある傭兵代理店の土屋友恵《つちやともえ》である。

防衛省のすぐ近くにあるマンション〝パーチェ加賀町《かがちょう》〟の地下に傭兵代理店はある。彼女は、自分の仕事部屋から電話をしているようだ。日本とトルコとの時差はマイナス六時間、日本では午後四時四十分になっている。

「分かったのか？」

彼女に仕事を依頼し、結果が分かり次第連絡するように頼んであった。外人部隊のプラティニ中佐から依頼されたのは、柊真の事件の捜査だけなので、彼らが追っていたテロリストの捜査には関わる必要はない。だが、柊真から写真を見せられてから、ずっと年配のテロリストの存在が気になっているのだ。

——送っていただいた画像を解析《かいせき》しました。ターゲットはブレストン・ベックマンと思われます。

浩志は柊真らがイスタンブールのカフェで撮影した三人のテロリストの内まだ特定されていない年配の男の写真を友恵に送っていた。彼女は、その男を特定したらしい。

「解析は、まだ不確定なのか？」

彼女なら「思われます」という言葉は使わないだろう。

——私は、世界で最大の情報組織のサーバーをハッキングしました。

友恵は言葉を濁《にご》した。衛星携帯の盗聴を恐れているのだろう。

「俺の使っている衛星携帯は、傭兵代理店の物だ」

海外に出る際は、傭兵代理店から支給された衛星携帯と小型無線機、それに偽造パスポートを持ち歩くようにしている。衛星携帯は特殊なスクランブルがかかるので、盗聴することは不可能らしい。そのプログラムを作ったのは、他でもない友恵である。

——そうでした。心配ありませんね。ＣＩＡのデータバンクをハッキングしたのです。ブレストン・ベックマンは、ＣＩＡの諜報員で十年前に交通事故で死亡したと記載されていました。

友恵に画像データを送ったのは、数時間前である。迷うことなくCIAのサーバーをハッキングした彼女は、自ら開発した顔認証ソフトを使ってデータバンクに入っている膨大《ぼうだい》なデータを解析したのだろう。

「CIAで〝交通事故で死亡〟と記録された場合は、どういう意味か分かっているのか？」

――一つは本当に交通事故で死亡した場合ですが、それなら、事故の詳細な記録も添付されています。ベックマンには、詳細記録はありませんでした。

友恵は違いを分かっているようだ。

「ベックマンは、十年前から極秘任務に就いている可能性もあるということか」

浩志は頷いた。〝交通事故で死亡〟というのは、痕跡《こんせき》を消すために使う常套《じょうとう》手段で、組織に抹殺《まっさつ》されたのでなければ、極秘任務に就いている。そのうちのどちらかだ。

――可能性は高いですね。また、ベックマンが国を裏切り、敵国に寝返った場合も考えられます。その場合もファイルから消去するために〝交通事故で死亡〟と記録されるでしょう。

「任務の内容は、分からないか？」

――極秘任務の場合は、さらにセキュリティの高いサーバーか、あるいは、CIA本部内だけで閲覧《えつらん》できるサーバーに入っている可能性はあります。ＣＩＡ本部には潜り込むことはできませんので、その場合は諦めていただくことになりますが、とにかく時間をください。ただ、心配なのは、本当に高度な極秘任務の場合は、文書には絶対残さないそうですから。

友恵は歯切れ悪く答えた。

「確かにな」

浩志はこれまで数々の陰謀に巻き込まれ、そのうちのいくつかはＣＩＡが絡んでいた。そのため、ＣＩＡのやり方はある程度学んでいる。

――ベックマンが一緒にいたのは、ＩＳの兵士ですよね。噂は本当だったのでしょうか？

友恵の声が小さくなった。強い疑念を抱いているらしい。彼女が言う噂とは、ＩＳのテロの、すべてではないが、一部に米国が関わっているというものである。

「可能性はある。とにかく調べてくれ。だが、その前に一眠りしろ」

――……わっ、分かりました。

友恵は戸惑っているらしい。ベックマンが未だにＣＩＡに所属しているのなら、米国を敵に回す可能性があるからだろう。

「米国の陰謀か」

電話を切って衛星携帯をポケットに仕舞った浩志は、バックパックの奥に仕舞ってある別の衛星携帯を取り出した。毎日ではないが、なるべく一日の始まりと終わりに電源を入れて、着信履歴を確認するようにしている。

この衛星携帯は米国の軍需会社サウスロップ・グランド社の元重役で、今はレッド・ドラゴンと呼ばれる中国の秘密組織の幹部になったトレバー・ウェインライトから渡された物だ。これまで一度も浩志から電話をかけたことはない。

ウェインライトは会社が〝アメリカン・リバティ（ＡＬ）〟という犯罪組織に加担していることを偶然知ってしまった。そのため身に危険が迫った彼は、ＡＬの謀略に対抗すべくレッド・ドラゴンに米国の機密情報を売って幹部になったのだ。

だが、レッド・ドラゴンも中国共産党の陰の組織で、陰謀を用いて世界を操っている。彼の口を借りるなら、「毒をもって毒を制す」ということらしいが、浩志としては、付き合いたくない存在であることは確かだ。

溜息を漏らした浩志は、柊真から離れてウェインライトの携帯を呼び出した。

——君から連絡をもらうとは、珍しいな。

三回のコールでウェインライトが応答した。

「聞きたいことがあって連絡をした。米国の陰謀に詳しいんだろう？」

——君には借りがある。情報の種類にもよるが、なんでも質問をしてくれ。

浩志から電話をかけたので、ウェインライトは機嫌がいいらしい。それに借りというのは、彼が一番信頼していた部下姜文《きょうぶん》が死亡した際、浩志は亡骸《なきがら》を火葬し、遺灰を届けている。遺灰はウェインライトを通じて姜文の遺族に渡されたようだ。

「ＣＩＡの諜報員で、ブレストン・ベックマンの情報が欲しい」

――ベックマンを知っているのか？

ウェインライトの声色が変わった。動揺しているらしい。

「ある場所で目撃されたことを知っている」

浩志は抑揚《よくよう》のない声で答えた。

――なぜ、ベックマンの情報が欲しいのだ？

「あの男は、野放しにするべきではないからだ」

ベックマンがＩＳのテロリストと会っていたのは、どこかでテロを計画しているからだろう。それを知った以上、見て見ぬふりはできない。

――私も詳しくは知らないが、ある人物から最近たまたま名前を聞いていたのだ。改めて情報を収集して連絡する。

電話はウェインライトから切られた。

「毒をもって毒を制す……」

呟いた浩志は、衛星携帯をポケットに仕舞った。

三

ベストウェスタン・ザ・プレジデントホテルの一室。

ベッド脇のサイドチェストの上に置かれた二つの衛星携帯のうち一つが、突然振動をはじめた。

足元ランプさえ消しているため、衛星携帯の画面が室内を明るく照らし出す。

腕時計で時間を確かめた浩志は、振動を続ける衛星携帯の通話ボタンを押した。午前一時を過ぎている。眠ったのは、まだ三十分ほど前だ。

頭を一振りした浩志は、衛星携帯を耳に当て半身を起こした。

——私だ。遅い時間だが、外出できないか。

ウェインライトである。

「イスタンブールにいるのか？」

浩志はベッドから足を下ろした。Ｔシャツにジーパン、いつものようにすぐ行動できる服装で眠っていたのだ。

——五時間前までロンドン近郊にいた。自家用ジェットで来たのだ。ある場所で酒でも飲みながら話をしないか。

ウェインライトの笑い声が、溜息に聞こえる。疲れているのだろう。

「バーボンが飲みたい」

――ターキーの八年ものを用意している。五分で迎えに行く。ホテルの前で待っていてくれ。

ウェインライトと一度バーで飲んだことがある。浩志の好みを覚えていたらしい。

「分かった」

通話を終えた浩志は、ジャケットを着て部屋を出た。気温は二十度ほどか。大気が乾燥しているせいで、涼しく感じる。

ホテルの玄関先で五分ほど待っていると、目の前に黒塗りのベンツが停まった。

助手席から長身の男が降りて後部座席のドアを開けると、緊張した表情で頭を下げてみせた。

「ミスター・藤堂、お乗りください」

後部座席を覗くと、ウェインライトが手招きをした。

浩志は無言で車に乗り込んだ。

「真夜中に呼び出して申し訳なかった」

ウェインライトはフランス語で話しかけてきた。運転手と助手席の男も中国人のようだ。二人ともフランス語は分からないのだろう。ウェインライトは、二人の部下にも会話を聞かれたくないらしい。

「電話で充分じゃないのか」

ウェインライトに電話したのは、昨日の午前十一時ごろだ。十四時間以上経っているとはいえ、わざわざ自家用ジェットで乗りつけてくる必要はあったのか。

「ベックマンのことをある人物に聞いたところ、すぐ君に会いたいので私に調整してくれと言われたのだ。情報は直接君に渡したいらしい」

ウェインライトは前を向いたまま話をした。疲れた表情をしているのは、単純に長距離移動のせいだけではないだろう。

「おまえは、レッド・ドラゴンの幹部じゃないのか」

浩志は訝しげな目でウェインライトを見た。彼は、レッド・ドラゴンの対日戦略担当で大幹部だった男を陥れ、そのポストに就いている。

「そうだが、ちょっと複雑なのだ。それから、君には先に謝っておく」

「何のことだ?」

浩志は眉を吊り上げた。

「すまない」

ウェインライトは浩志を見つめて首をわずかに振ると、ポケットからハンカチを出して口に当てた。

助手席のシートの後ろ側から白い煙が、浩志の顔面めがけて吹き付けられた。

「うっ！」

口元を慌てて押さえた浩志の意識は、急速に薄れていった。


「むっ！」

浩志は痙攣《けいれん》するように目覚《めざ》めた。

「気が付いたか」

目の前に白い口髭《くちひげ》を蓄《たくわ》えた男が椅子に座っている。

浩志は周囲を見渡した。

贅沢《ぜいたく》ではあるが、革張りのソファーが部屋の真ん中に置かれたシンプルな部屋である。どこかのホテルのようだが、男の背後にバーカウンターがあった。

浩志はソファーの中央に座って眠っていたようだ。目の前の一人がけのソファーに六十代半《なか》ばと思われる男が一人、他に人はいない。

「手荒な真似をしてすまなかった、藤堂くん。君が眠っている間、ベッドから転げ落ちないようにしたのだ。君とは密《ひそ》かに会わねばならなかった。それに君にもここがどこだか知られたくなかったのだ」

男は日本語を口にし、立ち上がると背後のバーカウンターに置いてあったグラスにターキーを注いだ。

「何者だ?」

浩志は右手で左手首をさすった。手首が赤く擦《こす》れている。手錠の痕《あと》ではない。足首も違和感があるので、ストレッチャーに寝かされ、ロープで縛り付けられて運ばれて来たのだろう。寝かされたままトラックで運ばれたのだろうか。あるいは、長距離を移動する際のエコノミー症候群を避けるためだとすれば、トルコ国外にいる可能性もありうる。

「私の名は、梁羽《りょう う》。中央軍事委員会連合参謀部に属している」

梁羽は、ターキーのグラスを浩志に渡して名乗った。

四

二〇一五年まで中国人民解放軍の中枢《ちゅうすう》部門で情報組織であった総参謀部、総政治部、総後勤部、総装備部の四総部は、習近平《しゅうきんぺい》が軍を掌握《しょうあく》するための軍の改革で二〇一六年一月に解体され、中央軍事委員会連合参謀部と名称が変更された。

イスタンブールから拉致されて移送された浩志は、場所もわからない部屋の一室で中央軍事委員会連合参謀部に属しているという梁羽と対面している。

浩志はターキーが入ったグラスを持ったまま梁羽を鋭い視線で見つめていた。連合参謀部がかかわる陰謀に何度も巻き込まれているため、目の前の男が信用できないのだ。

「ウェインライトから君の好きな酒はターキーの八年ものだと聞いている。贅沢な酒を好まないのは、闘争心を忘れないためか」

梁羽はグラスのターキーを半分ほど飲んで、しかめっ面《つら》になった。喉が焼けるのだろう。

「そうかもしれない」

浩志はグラスを傾けて一気に飲み干した。琥珀《こはく》の液体が喉を焼き、甘い香りが口の中に広がる。酒を飲んでいるというよりも、生きていることを嚙《か》み締める瞬間だ。

「少々手荒な真似をしたから、私に不信を抱いているようだね。だが、私は参謀部でもある程度の地位がある。そのため、日本や米国政府とパイプがある君と大っぴらに会うわけにはいかなかったのだ。しかも、君は、レッド・ドラゴンと敵対関係にあったからな。それをまずは理解してくれ」

梁羽は浩志の空《から》になったグラスを見つめながら言った。年齢からしても幹部ということなのだろう。

「あんたもレッド・ドラゴンと関係があるのか？」

「ある意味、関わっている。ウェインライトから聞いているはずだが、レッド・ドラゴンは中国共産党の陰の組織だ。もっともレッド・ドラゴンとは、もともと西側が勝手につけたコードネームだ。今年のはじめに行われた軍の改革で呼び名が変わった中央軍事委員会連合参謀部の特殊部門だと思ってもらっても構わない。だが、私は中国政府の行う陰謀が密かに露呈するように裏で働きかけ、阻止《そし》している。いつも成功するわけではないがな」

梁羽は低い声で笑うと、立ち上がってカウンターからターキーのボトルを取り、浩志の前にあるガラステーブルの上に置いた。勝手に飲めということなのだろう。

「自国の不正も許さない行動をしているというのか?」

「不正の定義にもよるが、国同士の化かし合いはしかたないにしても、それが国を問わず一般市民に害を及ぼすようなら許さないということだ。たとえ、習近平の命令であろうとな」

梁羽は強い口調で言った。浩志に信じてもらおうとあえて国家主席を呼び捨てにしたに違いない。胡散臭《うさんくさ》いが、レッド・ドラゴンが中国共産党の陰の組織とあっさり認めたことは評価できる。

「どこまで信用できる?」

浩志はターキーのボトルから、自分のグラスに酒を注いだ。簡単な話ではないらしい。それには潤滑油《じゅんかつゆ》が必要である。

「嘘をつくつもりはないが、中国人は信用できないと思っているのだろう。中国人の私もそう思うがな」

梁羽は自嘲気味に笑うと、グラスに残ったターキーを飲み干した。

「ところで、ウェインライトはどうした？」

ウェインライトは、梁羽を紹介した以上、ここにいるべきなのだ。

「彼はリスクを回避するために私と一緒に行動することはない」

「リスク？　どういったリスクだ？」

「ありとあらゆる危険だ。我々は数少ない〝世界の守護者〟だ。同じ場所にいることを回避している」

梁羽は鋭い視線を向けてきた。睨みつけるというよりは、強い意志を感じられる。

「〝世界の守護者〟？」

浩志も梁羽を強い視線で見返した。

「格好をつけているわけではない。我々が〝世界の守護者〟と呼んでいるのは、所属している国や組織にとらわれずに普遍的な正義を信じて行動する者のことだ。我々の定義では、君もすでに〝世界の守護者〟と言える。だからこそ、危険を冒《おか》して、私は君に会っている」

梁羽は立ち上がると、カウンターのバックヤードから別のウイスキーの瓶を取った。グレンフィディックの二十一年ものである。贅沢なスコッチだ。彼の好みのウイスキーなのだろう。

「普遍的な正義だと？　陳腐《ちんぷ》な言葉だ。馬鹿馬鹿しい」

浩志は鼻で笑った。正義は時代や社会慣習、宗教など様々な要因によって決まる。普遍的な正義という考え方自体陳腐である。

「普遍的な正義を語ることは、傲慢《ごうまん》だと思っているのだろう。だが、人間の生き死にがある限り、正義は存在するのだ。誰しも不当に他人を殺す権利など持っていない。だが、それを平気で行う者がいる。私はそういう輩《やから》を憎む。人間として単純な感情を普遍的な正義と呼んではいけないかね」

梁羽は肩を竦めて笑った。

「ここで正義の定義を討論しようとは思わない。本題に入る前にウェインライトとの関係を聞かせてくれ」

ウェインライトは好きになれないが、信頼するに足りる人間だと思っている。彼が紹介した以上、この男も信頼すべきかもしれないが、素直に話を聞くつもりはない。

「彼の出自は知っているな。彼が暗殺を恐れて米国から出国する前から、私は彼の存在を知っていた。彼がサウスロップ・グランド社の秘密を知り、ＡＬに狙われていることを察知していたのだ。だからこそ私が彼を密かに亡命させて保護し、レッド・ドラゴンに迎え入れたのだ」

「なるほど、米国人がレッド・ドラゴンに仲介人もなく入れるわけがないからな。だが、その情報を俺に教えていいのか？」

　浩志は頷くと、空のグラスにターキーを注いだ。

「これほどの極秘情報を教えるのは、君という人物を以前から観察していたからだ。君は世間で知られている傭兵の概念を超えて活動している。我々〝世界の守護者〟が、必要としている力をまさに君は持っているのだ」

　梁羽は拳《こぶし》を握りしめた。

「世間話はその辺にしてくれ。俺が知りたいのはベックマンのことだ」

　空になったグラスをテーブルに置いた浩志は、腕を組んで梁羽を見つめた。お世辞を言われているようで、うんざりしてきたのだ。

「私の知り得た情報を与えよう。だが、君に紹介したい人物がいる。君と同じく有能な男だ。ベックマンを捜し出すなら、彼の協力を得るがいい。必ず役に立つはずだ」

「またレッド・ドラゴンの人間か？」

　浩志は右眉を吊り上げて梁羽を見た。ウェインライトの部下だった姜文は確かに優秀だったが、レッド・ドラゴンの人間であったため信用するのに時間がかかった。そこまでして他人を頼ろうとは思わない。

「レッド・ドラゴンとは無関係な日本人だ」

　梁羽はなぜかふんと鼻先で笑った。

五

ラファイリ第二連隊外国人空挺部隊基地、副連隊長プラティニ中佐の部屋。

査問委員会で証言を終えた浩志は、柊真と並んでソファーに座っていた。

プラティニから先に執務室に行くように言われて五分ほど前から待っている。査問委員会は三十分ほどで終わったが、午後七時を過ぎていた。

「ありがとうございます。藤堂さんにはまた命を救われました。どうやってお礼をしたらいいのかも分かりません」

柊真は両手を膝に置き、頭を下げた。

浩志の証言とイスタンブールの事件現場で見つけた弾丸が物的証拠となり、柊真の正当防衛が認められた。証拠の弾丸とミゲルの使用した銃とのライフリングが一致したのだ。

当初インシルリク米空軍基地から空軍の輸送機でソレンザーラ空軍基地に戻ってくる予定だったが、一緒に行動していた憲兵隊の特殊部隊が壊滅したために二人は、パリ経由の民間機でコルス島まで戻っている。

「お礼なら、この後で晩飯を奢《おご》ってくれ」

浩志は移動による疲労を覚えていた。こんな時は肉を食べて、酒を飲むに限る。

未明にウェインライトに半ば拉致されるように、浩志は梁羽に引き合わされていた。梁羽と会って話をしたのは、四十分間ほどだ。その後、すぐにイスタンブールに戻ることになった。行きと違い眠らされることはなかったが、梁羽と一緒にいた部屋から空港までは目隠しをされている。

空港で目隠しを外されたため現在位置を知ったのだが、そこはカイロ国際空港であった。カイロからイスタンブールまでおよそ二時間のフライトだったが、ホテルに戻ったのは午前五時半、眠ることもなくチェックアウトした浩志は、柊真とアタテュルク国際空港に向かった。

コルス島に到着したのは午後三時五十分、そこから一時間半かけて基地に戻り、四十分後に査問委員会は開かれた。飛行機の中で眠ることはできたが、座った姿勢が続き、体を動かしていないために疲れているのだ。

「晩御飯は、お任せください。いいお店を」

柊真は突然立ち上がって、敬礼した。プラティニが部屋に入ってきたのだ。

「いい知らせと、悪い知らせがある。座ってくれ」

プラティニは軽く柊真に敬礼を返すと、自分の執務椅子に腰を下ろした。

「先にいい知らせを教えよう。准尉、正式に君の正当防衛が認められ、隊の復帰が認められた」

査問委員会の後で、プラティニは委員会に出席した他の将校と打ち合わせをしたようだ。

「ありがとうございます」

柊真は弾かれたように立ち上がって敬礼した。よほど嬉しいのだろう。

「いちいち立たなくていい。次は悪い知らせだ。憲兵隊のラコブ大尉が十五分前に死亡した」

プラティニは、淡々と報告した。だが、それは彼が軍人だからであり、感情を押し殺しているのだろう。

「残念です」

柊真は声を落とした。ラコブは嫌なやつだったが、浩志の捜査が正しいと素直に認めるだけの度量があった。憲兵隊の指揮官としては、優れていたようだ。

「もう行っていいか」

黙って聞いていた浩志は、腰を浮かせた。そもそも査問委員会も付き合いで出席したようなものだ。

「ムッシュ・藤堂、待ってくれ」

慌ててプラティニが、右手を前に突き出した。

「まだ何かあるのか？」

浩志は憮然とした表情で尋ねた。

「ご相談があります。よろしいでしょうか？」

「……………」

ソファーに腰を落とした浩志は、肩を竦めた。

「〝GCP〟と国家憲兵隊の特殊部隊が、たった三人のテロリストの捕獲《ほかく》に失敗し、なおかつ五名も死亡者を出してしまった。フランス軍がテロリストに二度も敗北を喫したのだ。危機的状況だといえよう」

「軍内部にスパイがいるのだろう」

浩志は小さく顎を引いて話を促した。

「認めたくはないが、同感だ。そう考えなければ辻褄《つじつま》が合わない。だが、今の我々にはそのスパイを見つけ出す手段はない。捜査する段階で情報が漏れる可能性があるからだ」

プラティニは渋い表情になった。浩志の率直《そっちょく》な意見が気に食わないに違いない。

「捜査官がスパイでないという保証もないからな」

浩志は彼の話を補足した。国家憲兵隊にスパイがいることも充分考えられる。

「スパイを見つけ出すには、取り逃がした三人のテロリストを捕まえ、誰が情報を漏らしたか尋問するほかない。現在ＤＧＳＥが総力を挙げて、三人を追っている。逮捕する際は、ぜひ君と君のチームの力を借りたい」

「俺のチームにスパイはいないからな。だがそれよりも、また敵に逆襲されて被害が出てもフランス軍の敗北にはならないということじゃないのか」

フランス人はプライドが高い。三度目の敗北は許されないのだ。

「…………」

浩志の言葉にプラティニは口を閉ざした。図星のようだ。

「とにかく仕事の依頼は、代理店を通してくれ」

「藤堂さん」

浩志が腰をあげると、柊真も立ち上がった。

「どうした？」

「テロリストの捜索に私も加えてください」

柊真は真剣な表情で、浩志とプラティニを交互に見た。

冷たい狂犬

一

4気筒オールアルミニウム1750cc直噴ターボエンジンの真紅のアルファロメオ・4Cスパイダーが、首都高速中央環状線で軽快な走りを見せている。

カーステレオで流れるハンク・ジョーンズの心地よいピアノに合わせて、美香はハンドルを指先でリズミカルに叩く。〝ユアーズ　イズ　マイ　ハート　アロン〟、思わずバーボンが飲みたくなる曲である。

美香は車の運転が好きということもあるのだろうが、助手席の浩志にあまり話しかけてこない。付き合いも十年になる。彼女は浩志が会話を楽しまないということを心得ているのだ。日本に帰ってくるのは久しぶりだが、それでも彼女は無口な浩志と同じ空間にいることを楽しんでいるらしい。

浩志はラファイリ基地で行われた諮問委員会を終えた翌日にコルス島を発《た》った。便の乗り継ぎが悪く、成田《なりた》国際空港に到着したのは今朝、十月十二日になっている。空港までは美香に迎えに来てもらい、そのまま彼女が暮らす渋谷《しぶや》の松濤《しょうとう》の家に転がり込んだ。形ばかりだが、一応夫婦なので浩志にとっても住居といえるかもしれない。

西池袋《にしいけぶくろ》で高速道路を下りた美香は、南長崎《みなみながさき》から目白《めじろ》通りに入った。時刻は午後六時四十分、道路はそこそこ混んでいる。しばらく走り西武《せいぶ》池袋線の高架を潜った彼女は、左折できる最初の交差点で左に曲がった。

西武池袋線の中村橋《なかむらばし》駅の近くとだけ浩志は美香に言ってある。電車でもよかったのだが、彼女が送るというので言葉に甘えた。というか、彼女の好きにさせたのだ。一年のほとんどを海外で暮らすせめてもの罪滅ぼしといったところか。

「迎えはいい」

浩志は高架の手前の交差点で降りた。先にある交差点を右に曲がれば、中村橋駅だ。

「分かった」

右手を軽く振った美香は、４Ｃスパイダーのアクセルを踏み込み、高架下を抜けて次の交差点で左折すると、視界から消えた。

浩志は商店街の中杉《なかすぎ》通りから路地裏に入る。

人通りの少なくなったひっそりとした通りの左手に、灯りがポツリと一つ見えてきた。

古い煉瓦の造りの家に見せた建物の玄関ドアが、小さなスポットライトで照らし出されているのだ。

　時刻は午後六時五十四分。

「ここか」

　呟いた浩志は、スポットライトが当たっている〝カフェ・グレー〟と書かれたドアを開けた。

　鼻腔《びこう》を濃厚なコーヒーの香りが通り抜けていく。

「もう、閉店なんですよ」

　ドアの向こう側に立っていた肌の色の濃い男が、違和感のない日本語で言った。インドネシア人かフィリピン人なのだろう。

「閉店まで五分ある」

　浩志は男を押しのけるように店に入った。

　広いL字型カウンターに八席、テーブル席はない。バックヤードに四つのウォータードリッパーが置かれている。時間をかけて水から抽出するダッチコーヒーで、この店はその専門店らしい。

「コーヒーを飲みに来たわけではなさそうだな」

　カウンターにいる日本人の男が腕組みをして睨みつけてきた。

「喉が渇いた」

浩志は出入口の前で呆然と立っている東南アジア系の男をちらりと見た。

「カルロス、ドアにクローズのプレートを掛けたら、あとは俺がやる。二階に上がっていろ」

男が命じると、カルロスと呼ばれた東南アジア系の男は素直に頷いて店の奥に消えた。階段を上っていく足音が聞こえる。住み込みの店員らしい。

「誰の紹介だ?」

男は表情もなく尋ねてきた。感情を一切表に出さないという習慣が、身についているのだろう。

「〝紅《あか》い古狐《ふるぎつね》〟だ」

梁羽のコードネームである。この名前を言えば西側諸国の情報機関が震え上がると、梁羽は笑いながら教えてくれた。

目の前の男は、影山夏樹《かげやまなつき》、四十四歳。公安調査庁の元特別調査官、殺人や拷問《ごうもん》も厭《いと》わない非情な手段で諜報戦を生き抜き、中国や北朝鮮の情報機関から〝冷たい狂犬〟と呼ばれて恐れられていたと梁羽から聞いている。

彼は少年時代に父親の仕事の関係で中国で過ごしており、梁羽は中国拳法である八卦《はっけ》掌《しょう》の師であった。若き梁羽は一般人を装《よそお》って公安調査庁のスパイ活動を手伝っていた影山の父親と接触し、監視していた。だが影山の父親は、息子を逞しく育てたいと中国側の監視人とも知らずに八卦掌の達人だった梁羽の許《もと》に通わせたのだ。

二人は二十年近く経ってから期せずして敵味方という関係になったが、かつて師弟関係にあったため互いをよく知り、信頼もしているという。梁羽は当時のことを懐かしげに浩志に語っている。

六年前に影山は公安調査庁を辞職し、ダッチコーヒーの専門店を経営する傍《かたわ》ら、フリーのエージェントとなって活動しているらしい。影山は梁羽率いるチームと諜報戦を繰り広げたこともあるそうだ。

ＣＩＡで訓練も受けただけに情報の分析力、語学力、格闘技など彼は諜報員としては超が付く腕きさで、中でも変装技術は梁羽をも驚嘆させるほどだという。そのためこの夏に中国を陥れるテロ組織の摘発《てきはつ》に梁羽は彼の力を借りたと聞いている。

「……何者だ？」

影山は頬をピクリと痙攣させた。中国の情報部では未だに〝冷たい狂犬〟と呼ばれているらしいが、梁羽のコードネームを聞かされて動揺したようだ。

「藤堂浩志だ」

浩志は影山から視線を外すことなく、カウンターの中央の席に腰を下ろした。

「藤堂？　傭兵特殊部隊の藤堂なのか」

影山は両眼を見開いた。政府でもトップシークレットになっているはずの浩志が率いる〝リベンジャーズ〟のことを知っているようだ。公安調査庁にいただけのことはある。だが、さすがに驚いたらしい。

「コーヒーを飲ませてくれ」

浩志はわずかに口角を上げて笑った。

「……分かった」

一拍置いて頷いた影山は、バックヤードからグラスを出して氷を入れ、一番右側に置いてあるウォータードリッパーのデカンタを外し、グラスにコーヒーを注いだ。

浩志は影山が麻のソーサーの上に載せたグラスのコーヒーの香りを嗅《か》ぐと、冷えたコーヒーを口に含んだ。芳醇《ほうじゅん》な香りと、氷に負けない深いコクと苦味がある。

「うまいビターエスプレッソだ」

海外でもこれほどうまいコーヒーはなかなか味わえない。

「豆の名前まで分かるのか。……何の用だ？」

口笛を吹いた影山は、丸椅子を出して浩志の前に座った。

「ブレストン・ベックマンを捜している」

浩志はグラスのコーヒーを飲み干した。

二

二人の男がカウンターを挟んで座っている。

互いの正体を明かしているので睨み合うことはないが、長い沈黙が続いた。

浩志は影山の出方を待っているだけだが、影山は浩志の出現だけでなく、ベックマンの名前を聞いて動揺したためにそれを知られまいと平静を装っているのだろう。

カウンターの脇にある飾《かざ》り棚《だな》から何かが落ちた。

ふと顔を向けると、床にサバ猫が背伸びをしながら歩いている。棚には猫用のベッドがあったようだが、ぬいぐるみだと思っていた。

「ジャックだ」

影山がぼそりと言った。苦笑したらしいが、表情をほとんど変えない。

ジャックは浩志の後ろを歩き、出入口のドアの下にある小さな扉から勝手に出て行った。散歩にでも出かけたのだろう。猫とは自由な生き物だ。

「〝紅い古狐〟から、ベックマンは米国大統領選に影響を与えるべく、工作活動をしていたと聞いている」

浩志は梁羽から聞いた話を掻い摘んで説明した。

ベックマンはＣＩＡの諜報員で、海外での極秘任務を専門としていた。今年に入って彼は、ヒラリー・クリントンが大統領選挙で優位に立つように工作活動をし、主に中国を陥れるためにインドネシアとフィリピンでイスラム系武装兵士を雇《やと》ってテロ活動を行っていたのだ。

ヒラリーは中国が危険な存在だと訴えていた。だが対抗馬であったドナルド・トランプは、当初中国と接近する親中政策を取ると公言していたためである。中国がテロ活動をしていると貶《おとし》めれば、自《おの》ずとトランプは間違っていると支持者からも疑われ、支持率は落ちるはずだったが、その計画は影山と梁羽が率いるチームが阻止した。だが、あと一歩のところで、ベックマンを取り逃がしている。

この謀略はＣＩＡの長官の許可なく行われたもので、ベックマンが独断で逸脱《いつだつ》した行動を取ったのか背後関係は不明らしい。

「ベックマンは、ＩＳに忠誠を誓《ちか》うテロ組織に潜入していた工作員を使って、フィリピンのドゥテルテ大統領の暗殺を計画した。俺と〝紅い古狐〟が現場に行った時には、工作員はいたが、ベックマンは雇った中国人を皆殺しにして逃げていた」

梁羽からは、聞いていない話だ。

「殺された中国人は、テロを中国の仕業《しわざ》と見せかけるためのものか？」

険しい表情になった浩志は、舌打ちをした。

「やつは八人の中国人をテロリストに見せかけて殺した。人間の命もチェスの駒程度にしか考えない男だ」

影山はふんと鼻息を漏らした。

「食えないやつだな」

浩志は首を振ると、空になったグラスを前に出した。うまいコーヒーだが、一杯で充分である。

影山は空のグラスを片付け、カウンターの上にショットグラスを二つ用意すると、バックヤードの片隅に置かれていたターキーの八年もののボトルとスコッチウイスキーのラガヴーリンの十六年もののボトルを交互に見た。ウォータードリッパーの横にターキーやスコッチウイスキーなどの洋酒のボトルが五本置かれている。コーヒーの専門店なので、ディスプレイだと思っていたが、中身は入っているようだ。

「こっちだな」

影山はターキーのボトルを手に取ると、浩志のグラスにターキーを満たし、自分のグラスにはラガヴーリンを注いだ。

口元を緩めた浩志は、ショットグラスを人差し指と親指で摘んだ。あえて浩志に好みを聞かなかったのは、イニシアチブを取りたかったのだろう。

「今持っている俺の情報は、こんなものだ。そっちは？」

影山もショットグラスを持ち、上に掲げてみせた。

ターキーを出されたからではないが、この男とは初対面という気はしない。

「俺の知り合いがイスタンブールで、ベックマンを見かけた」

浩志はジャケットから数枚の写真を出して、カウンターの上に置いた。柊真ら〝GCP〟のメンバーが撮影した写真だ。

「写りが悪いな。だが、ベックマンに間違いないだろう。他の二人は何者だ？」

「パリで爆弾テロを起こしたアルジェリア系フランス人のＩＳのテロリストだ」

浩志はショットグラスのバーボンを舌に載せずに喉に直接流し込んだ。

「いつ撮影されたのだ？」

影山はつられてスコッチをバーボンのように飲み、しかめっ面になった。

「十二日前だ」

「写真撮影した時に、三人を確保できなかったのか？」

影山は自分のグラスにラガヴーリンを注ぐと、浩志の前にターキーのボトルを置いた。

「襲撃は二回行われ、二つのチームで合計五人死んだ。おそらくベックマンの策略にはまったのだろう」

浩志は影山や梁羽の話を聞くうちに、ベックマンの狡猾《こうかつ》さが二つのチームを破滅に導いたと確信した。

「知り合いは、〝ＧＣＰ〟なんだろう」

影山は唐突に聞いてきた。

「そんなところだ」

浩志は鼻で笑った。

写真に写っている二人の男が、パリで事件を起こしたことと、浩志がフランスの外人部隊出身ということから推測したのだろう。侮《あなど》れない男である。

「〝ＧＣＰ〟がしくじった任務を引き受けたんだな。リベンジャーズを動かすつもりか？」

影山は射るような視線で見つめてきた。〝ＧＣＰ〟は世界トップクラスの特殊部隊である。大丈夫かと言いたいのだろう。

「そうだ」

強い視線で見返した。浩志には、揺るぎない自信があるのだ。

ベックマンは元ＣＩＡ諜報員だが、テロリストを操って事件を起こすという汚い手口を使う。パリで柊真らが確認した二人のテロリストも仲間なのだろう。ベックマンを発見したら、リベンジャーズの力で圧倒する必要がある。

「俺はベックマンに貸しがある。手伝わせてくれ」

影山は、睨みつけるように浩志を見返した。

三

中村橋の〝カフェ・グレー〟を出た浩志は、目白通りでタクシーに乗った。時刻は午後七時五十五分、影山とは一時間近く話をしたことになる。

ベックマンの情報を得るべく、イスタンブールでウェインライトに連絡をしたところ、中央軍事委員会連合参謀部に所属する中国人梁羽に引き合わされ、今度は彼から公安調査庁の元特別調査官だった日本人の影山を紹介されたのだ。ブーメランを投げたら、少し違う場所に戻ってきたというような妙な感じである。

この時間の目白通りは混んでいる。一・五キロほど先にある谷原《やはら》で交通量の多い笹目《ささめ》通りと交差するからだ。

渋滞から抜け出すようにタクシーは、練馬《ねりま》中央陸橋の交差点で右折し、環八《かんぱち》通りに入った。練馬春日町《かすがちょう》の交差点下を通るトンネルを抜け、平和台《へいわだい》の手前でタクシーを降りる。すぐ先の路地の角に〝モアマン〟という看板を掲げた店があった。

浩志は路地に入り、店舗裏にあるガルバリウムの建物の半ば下ろされたシャッターを潜った。シャッターには〝自動車修理・販売・モアマン〟とペンキで書かれてある。

浩志は出入口の正面に停めてあるタンザナイトブルーのベンツ、G320を見てにやりとし、奥にある〝事務室〟とドアに書かれたプレハブ小屋に顔を出した。

六畳ほどの広さにロッカーと事務机が一つ、それに三人の男が折り畳みの椅子に座っている。

「藤堂さん、待っていましたよ」

一番奥に座っている逞しい男が親しげに手を上げた。リベンジャーズの仲間で、〝爆弾グマ〟と呼ばれる爆弾のプロ、浅岡辰也《あさおかたつや》である。左の頬に傷跡がある苦み走った顔に無精髭《ぶしょうひげ》を生《は》やしているのは、相変わらずだ。

「どうも」

辰也の手前に座り、彼と同じように体格のいい宮坂大伍《みやさかだいご》が軽く頭を下げた。針の穴をも狙撃できると言われるほどの凄腕スナイパーで、あだ名も〝針の穴〟と呼ばれている。

「ご無沙汰《ぶさた》しています」

一番手前の小柄《こがら》な男が、丁寧《ていねい》に挨拶《あいさつ》した。加藤豪二《かとうごうじ》、〝トレーサーマン〟というあだ名を持ち、潜入と追跡のプロとして右に出る者はいない。

「相変わらず忙しいのか？」

浩志は笑顔で迎えいれてくれた三人の顔を順番に見て尋ねた。

〝モアマン〟は、この三人が共同出資で立ち上げた四駆専門の自動車修理工場で、中古車販売もしている。この数年で四駆だけでなくＳＵＶの中古車販売まで手を広げて、繁盛《はんじょう》しているようだ。

「おかげさまで、儲《もう》かっています。帰国したのはひょっとして、仕事ですか？」

辰也が聞いてきた。店に来たのは、中村橋から近いということもあるが、浩志の車が預けてあるからだ。

「近いうちに来るはずだ」

フランスの外人部隊から受けた仕事は、まだ傭兵代理店から正式に連絡が来ていないので、今日は話すつもりはなかった。

「八ヶ月ぶりですね」

宮坂は手を叩いて喜んでいる。

今年の初めにウェインライトから依頼があり、北朝鮮のアフリカへの武器密輸ルートの壊滅という任務を受けた。朝鮮人民軍偵察総局のナンバー2である金栄直《キムヨンジ》と彼の率いる特殊部隊との壮絶《そうぜつ》な闘いの末、北朝鮮の野望を砕《くだ》いている。

「まだ詳しいことは話せないが、柊真も加えることになった」

外人部隊のプラティニ中佐との打ち合わせの席で柊真が志願した。だが、もともと浩志ら傭兵に任務を丸投げしないで外人部隊から兵士を就ける予定だったらしく、柊真と彼の上官のクリストフ・アンリ大尉が作戦の報告兼監視役として随行《ずいこう》することになっている。

「それは面白い。会うのが楽しみだな」

辰也は柊真と聞いて、感慨深げに言った。チームにとって柊真ほど関わりが深い人間もいない。彼が少年のころ、軍事政権時代のミャンマーで政府軍に拉致されたところをリベンジャーズは救出している。

救出された柊真は、直後にフランスの外人部隊に入隊した。浩志だけでなく傭兵仲間の影響を強く受けたからだろう。

浩志は三十分ほど三人と話し、車の鍵を受け取ってG３２０に乗り込んだ。仲間は浩志と同じでおしゃべりな男はいない。久しぶりに会ったからといって長話をせず、浩志はリーダーとして、各自の近況報告を聞いて店を出た。

浩志のG３２０は製造されてから十年以上経つ中古車だが、辰也らに預けてあるのでいつでも新車同然に手入れがされている。

環八通りを北上した浩志は、中台《なかだい》から首都高速五号池袋線に入った。午後九時を過ぎているが、まだ夕食は食べていない。久しぶりに美香の経営するスナックバー〝ミスティック〟で食事をするつもりだ。彼女には〝モアマン〟を出る際に、店に向かうと連絡をしておいた。

「うん？」

バックミラーを見た浩志は、目を細めた。後方から猛スピードで走ってくる車がいるのだ。もっとも首都高速道路に限らず、一般道でも制限時速を平気で二、三十キロオーバーで走る馬鹿はどこにでもいる。だが、傭兵という仕事柄、いつでも注意は怠らない。

猛然と迫ってきた車が、後方を走っていたトラックの前に割り込み追い越し車線を走っている浩志と並んだ。黒いフォードのエクスプローラーである。

助手席のウインドウが下がった。

「むっ」

浩志はハンドルを切ってエクスプローラーのボディに車をぶつけた。助手席の男が銃を向けてきたのだ。

エクスプローラーが押し戻してきた。

浩志はハンドルを左に切りながら踏ん張った。

助手席の窓が突然音を立てて割れた。

エクスプローラーの後部座席から銃撃されたのだ。敵は三人以上乗っているらしい。

二台の車は車体から火花を散らし、激走する。

エクスプローラーの助手席の男がまた銃を向けてきた。

「ちっ」

舌打ちをした浩志はブレーキを踏んで後退すると、間髪《かんはつ》を入れずにアクセルを踏んでエクスプローラーのリアバンパーに追突した。エクスプローラーは前に押し出されるが、バランスを崩さない。後部座席から、男が身を乗り出して銃撃してきた。

浩志はハンドルを切って銃弾を避けた。

前方に黄色いシグナルが見える。首都高速中央環状線との分岐点だ。

浩志はアクセルを床まで踏んでエクスプローラーのリアバンパーに激突した。エクスプローラーは激しく蛇行《だこう》し、分岐点のガードレールにぶつかると空中で回転して五号池袋線側の車線に転がって行く。

短く息を吐き出した浩志は直進し、中央環状線に入った。

四

午後十時五十分、渋谷区宇田川町《うだがわちょう》。

浩志は東急《とうきゅう》文化村のすぐ近くの交差点で、クライスラーのジープ・コマンダーの助手席から降りた。

「修理が終わったら連絡します。フロントガラスとウインドウは取り寄せなので、時間をください」

コマンダーのハンドルを握る辰也が、運転席のウインドウを下げて言った。

首都高速道路で突然襲われた浩志はすぐに高速道路を下りて練馬に引き返し、〝モアマン〟に戻っていた。Ｇ３２０は頑丈な車だけに車体の傷は大したことはなかったが、助手席と後部座席が破損し、フロントガラスが割れた。被害者とはいえ、色々聞かれるのが面倒で警察には通報していない。それに傭兵が命を狙われたと警察を頼るように通報するのも間抜けな話である。

道を渡った浩志は、雑居ビルの地下に通じる階段を下りると、ミスティックと刻まれた金属プレートのあるドアを開けた。

「いらっしゃいませ。わあ、藤堂さんだ。遅刻ですよ」

カウンターの手前にいる笑顔を浮かべた若い女が両手を振って興奮している。十年前、彼女が学生のアルバイトだったころから店の看板娘である村西沙也加《むらにしさやか》だ。会うのは数年ぶりだろうか。

店は午後十一時までの営業である。客はカウンター席に二人、奥のテーブル席に四人。

「ご無沙汰しております」

カウンターの奥にいる女が頭を下げた。青井麻理《あおいまり》、沙也加と同じく看板娘で、以前会ったときは、かなり強い秋田訛《あきたなま》りがあったが今は違うらしい。ミスティックは沙也加と麻理の二人が切り盛りしており、普段美香が店に顔を出すことはないそうだ。

三年ほど前から政府の極秘の情報機関である情報局に勤めているため、二足の草鞋《わらじ》を履くことが難しくなったためである。

「いらっしゃい。ご飯まででしょう」

厨房《ちゅうぼう》にかけてある目隠しの暖簾《のれん》をかき分け、トレーを両手で持った美香が現れた。

「どうぞ。召し上がれ」

美香はトレーを浩志の前に置いた。刺身の盛り合わせ、ぶり大根、ほうれん草のおひたし、豆腐とワカメの味噌汁にご飯、大根ときゅうりのお新香まで付いている。客に出すメニューではない。

「ほお」

純和風の品々に浩志の顔が綻《ほころ》んだ。

えんがわの刺身に醬油《しょうゆ》をつけて口に運ぶと、海の恵みが口の中で芳醇な香りを放つ。この瞬間を逃さずに白いご飯をかき込んだ。日本人に生まれてよかったと思う瞬間である。

次にぶり大根のぶりを摘む。下ごしらえが丁寧にしてあるので、臭みはなく身がほくほくとしている。大根は口の中でとろけ、ぶりの味がよく染みていた。

「飲み物は、どうする？　ビールでいい？　日本酒も用意してあるけど」

気が付くと、美香の笑顔が目の前にある。夢中で食べていたらしく、彼女が見ていることも忘れていた。いい年をしてがっついていたらしい。

「日本酒？」

ミスティックで日本酒を飲んだ経験は、あまりない。浩志が和食に飢《う》えていることを知っている美香が用意していたのだろう。

「久保田《くぼた》の萬寿《まんじゅ》を冷やしてあるわよ」

美香は悪戯《いたずら》っぽい顔をした。浩志の答えを知っているのだ。

「いいね」

浩志が頷くと、美香は厨房の冷蔵庫から七百二十ミリリットルの純米大吟醸の瓶を持ってきた。

「お先に失礼します」

気が付くと、沙也加と麻理がハンドバッグを持って出入口の前に立っている。

午後十一時を過ぎていた。他の客が帰ったことは認識していたが、彼女たちは浩志が一心に食事をしている間に、帰り支度《じたく》をしていたらしい。

「気を付けてね」

美香は二人を見送ると、出入口のドアに鍵を閉めた。

「ちょっと、聞いていい?」

美香はカウンターに入ってグラスを二つ用意すると、萬寿をグラスに満たした。

「なんだ?」

浩志はさっそくグラスを傾けた。コクがあるのに爽《さわ》やかでさっぱりとしている。海外では味わうことが難しい酒だ。

「首都高速の五号池袋線と中央環状線の分岐点で、三人が死亡する事故があったというニュースが流れていたわ。事故は二時間ほど前らしいけど、ひょっとして、関係している?」

自分のグラスに手をつけずに美香は訝しげな目で見ている。

「なんでだ?」

過ぎたことなので、どうでもよかった。

傭兵代理店の池谷悟郎《ごろう》に事件化しないように情報を操作するように頼んである。彼は政府に強いパイプを持っているので、なんとかなるだろう。たとえ、警察に呼ばれたところで銃を持った相手に対処しただけのことだ。正当防衛に過ぎない。

「あなたが最初に電話をくれた時間と符合するの。二台の車が車体をぶつけ合っていたという証言もあるのよ」

彼女ほど優れた諜報員は日本では稀有《けう》な存在で、今の情報局にはヘッドハンティングされている。浩志は襲撃された後で〝モアマン〟に戻る際、忘れ物をしたから取りに行くと電話連絡をしておいた。隠すつもりはなかったが、彼女に話すほど切羽《せっぱ》詰まった状況ではなかったからだ。

「いきなり銃撃された。それだけのことだ」

浩志は涼しい顔でぶり大根を摘んだ。

「気になったから、ニュースを聞いてすぐに調べたの。警察は銃のことを事実関係がはっきりするまで、公表するつもりはないらしいわ。念のために警視庁にあなたの名前は伏せて、経緯は教えておくけど、あなたが関わっているのなら、このまま事件は闇に葬《ほうむ》るしかないわね」

苦笑した美香は、自分のグラスの酒を呷った。いい飲みっぷりである。

「死んだ三人の身元が分かったら、教えてくれ」

浩志はどのみち友恵に警察のサーバーをハッキングして、教えてもらうつもりだった。敵を知らなければ、今後も対策なく襲撃されてしまうだろう。

「いいわよ。何か事件に巻き込まれるような仕事を引き受けたの？」

美香は空になった浩志のグラスに萬寿を注いだ。

「そのうち分かる」

答えたくはない。面倒くさいこともあるが、うまい飯を食べている時につまらない話をしたくないのだ。

それに傭兵代理店の池谷は政府と通じている。浩志が他言無用といえば黙っているが、何も注意しなければ、リークすることがこれまでもあった。

今回の外人部隊からの任務も、傭兵代理店を通じて仕事が入る。その段階で政府に漏れる可能性はあるだろう。そうなれば美香にも情報はいくのだ。

「了解。ご飯を食べたら家で飲み直しましょう」

彼女もあっさりと引き下がった。運転走行中に銃撃されるなど、日本ではありえないことかもしれないが、浩志も彼女もこれまで何度も経験がある。珍しいことではないのだ。

「そうするか」

残っていた漬物を口に入れた浩志は、席を立った。

五

午後十一時二十分、練馬平和台、〝モアマン〟。

宮坂は、浩志から預かったG320の運転席側ドアを板金修理するために取り外していた。傍らで、加藤がエンジンルームを調べている。

軍用車としても使われるG320は、乗用車ではあまり使われなくなった梯子《はしご》型フレームを使っているために車重は重いが、堅牢《けんろう》である。そのため、浩志が襲撃された際に何度も車にぶつけられたが、ボディに歪《ゆが》みはない。

だが、フロントガラスと助手席と後部座席、それにリアウインドウは破損し、運転席側のドアと左フェンダーがかなり傷《いた》んでいる。

「ウインドウは、取り寄せだが、ドアとフェンダーは板金でなんとかなりそうだな」

あらためて傷の具合を見た辰也が、額の汗を首に掛けてあるタオルで拭《ぬぐ》い、車の近くに積んであるタイヤに座った。宮坂と加藤は浩志が壊れた車を持ち込んでからすぐさま点検と分解を始めていたのだ。

「エンジン回りは、異常ありませんよ。ただバンパーは歪んでいますね」

加藤が開けていたボンネットを閉めた。

「頑丈な車だが、やはりパーツの取り寄せを考えると、そろそろ車を変えたほうがいいだろう」

ドアを台車の上に載せた宮坂が言った。

「ベンツはパーツまで高いからな。この際、ランドクルーザーを勧めてみるか」

少し前に戻った辰也が工具箱の近くに置いてあるペットボトルに手を伸ばした。十月に入ったが、日中の気温は二十五度、日が暮れてからも十八度近くある。都心と違って、練馬の気温は高いのだ。

「片付けて、帰ろうぜ」

ペットボトルの水を飲み干した辰也が、腰を上げた。三人とも〝モアマン〟から近い場所に住んでいるため、遅い時間でもさほど気にしていない。

もっとも三人の中で辰也だけ独り身ではなかった。シリアの作戦で知り合ったクルド人民防衛隊（ＹＰＧ）の女性兵士セダ・イスマイロールと彼の息子ヤヒヤと一緒に住んでいるのだ。結婚式は挙げていないが、二人の在留資格を取るために婚姻届は出したので、事実上夫婦になっている。

辰也は作戦終了後もセダらと別れがたく、ＹＰＧで教官をして一緒に過ごしていたが、戦地ではヤヒヤに満足な教育ができないこともあり、彼女を口説き落として日本に四ヶ月前に帰国していた。二人とも日本語学校に入り一から勉強している。辰也が意外に子煩悩なところがあって、生活は順調のようだ。

「俺は、伝票を整理してから帰るよ」

宮坂は両手を上げて、背筋を伸ばした。

「コンビニに行ってきますが、なにか希望はありませんか？」

加藤は三人の中で一番年下ということもあるが、気配りができる男である。

「すまないが、事務所の水がなくなった。ついでに買ってきてくれ」

辰也は工具を片付けながら答えた。

のんびりとした彼らを見ていると、世界でもトップクラスの傭兵には見えない。だが、彼らは日常生活の中でいつでも闘える準備をしている。体を鍛《きた》えるだけでなく、傭兵代理店が所有する芝浦《しばうら》の倉庫の地下にある射撃場で、射撃訓練や格闘技の練習など日々の鍛錬《たんれん》を怠らない。

また、一年ほど前からリベンジャーズは、タイのチェンマイにある第三特殊部隊の教官を務《つと》める年間契約を結んでおり、二人ペアで一ヶ月交代で勤務している。これは、浩志と親しいタイの陸軍准将スウブシン・ウィラサクレックからの要請で実現したことだ。

それ以前は短期的なものだったが、浩志が仲間の技術維持を目指し、年間契約にした。リベンジャーズのメンバーは、誰しも特殊技能を持っているのでタイ側に喜んで受け入れられているのだ。

先月までは、海上自衛隊の特殊部隊である特別警備隊員だった〝ハリケーン〟こと村瀬《むらせ》政人《まさと》と、顔がしゃくれているので〝サメ雄〟と呼ばれている鮫沼雅雄《さめぬままさお》が勤務していたが、今月は陸自の空挺団出身の瀬川里見《せがわさとみ》と黒川章《くろかわあきら》らが担当している。

「うん？」

近所のコンビニでペットボトルのミネラルウォーターを買ってきた加藤は、店先でふと立ち止まった。環八通り沿いにある〝モアマン〟の店舗前に二人の男がたむろしているのが、気になったからだ。百メートル以上先だが、視力が五・〇近くある加藤には、二人の様子が手に取るように分かる。

地下鉄の駅がある平和台の交差点から近いので、遅い時間でも人がいてもおかしくはないのだが、彼らの挙動が気になった。常人が見ても分からないだろうが、彼らはさりげなく辺《あた》りを窺っているのだ。

ポケットからスマートフォンを出した加藤は、辰也に電話をかけた。

「トレーサーマンです。環八側に二人の不審者を発見しました。しばらく様子を見ます」

加藤はコードネームにもなっているニックネームを名乗った。彼らは少しでも危険を感じたら電話ですら実名を口にすることはない。

――了解。念のため一度、シャッターを閉める。おまえはトレーサーができる準備をするんだ。

辰也からすぐに応答がある。

「了解」

加藤はコンビニの袋を持ったまま次の角で路地に入り、突き当たりを左に曲がると、コンビニの袋を抱えて猛然と走った。百メートルほど走った先に駐車場がある。そこに加藤のバイクであるヤマハのＹＺ４５０Ｆが停めてある。辰也が言った「トレーサーができる準備」というのは尾行する準備をせよということだ。

駐車場には、辰也のジープ・コマンダーと宮坂の三菱《みつびし》パジェロＶＲＩも停めてある。加藤はジープ・コマンダーの後部ドアを開けて、コンビニで買ったペットボトルを座席の足元に置くと、座面に置いてあったヘルメットを取った。三人は、どんな状況でも対応できるように全員の愛車の合鍵を持っているのだ。

四年ほど前の話になるが、防衛省の情報本部の監視下に置かれたことがあった。それを機に辰也らは、警戒するようになったのだ。

ブルートゥースレシーバーを耳にかけた加藤は、ヘルメットを被った。これでスマートフォンが、無線機のように使える。エンジンをかけずにバイクを押して駐車場から出し、近くの民家のブロック塀の陰に停めた。環八通りから入った路地沿いにあるモアマンのシャッターが数十メートル先に見える位置で、身を乗り出せば、その先にある環八通りも見渡すことができる。

加藤はブルートゥースレシーバーのボタンをタップした。辰也の電話番号が記憶されている。

「トレーサーマン、配置に就きました」

――分かった。俺たちも準備を終えた。

辰也らは浩志の車を敷地内の奥に停め、外部からアサルトライフルで銃撃されてもいいように、特注の鋼鉄製のシェルターの陰に隠れている。使うのは初めてだが、辰也の手製である。シェルターと言ってもついたてのような簡単な構造だが、銃弾を避けるのならこれで充分だ。

「二人の男が動きました」

店先でたむろしていた男たちが、路地に入ってきた。一人は段ボール箱を抱えている。

加藤の背後から白いバンがやって来ると、モアマンのシャッター前で停まった。男たちはバンに乗り込んだ。

何事もなかったようにバンは、環八通りへ左折して行った。どうやら加藤の取り越し苦労だったらしい。

「あっ！」

加藤は思わず声を上げた。シャッターの前に段ボール箱が置かれている。慌てて加藤は、スマートフォンで電話をかけた。

——どうした？

辰也が先に応答した。

「こちらトレーサーマン」

瞬間、段ボール箱が爆発し、加藤は爆風でなぎ倒された。

抹《まっ》殺《さっ》

一

翌日の午前八時、浩志は、防衛省の正門にタクシーで乗り付けた。

浩志から名前を告げられた警備の自衛官は、小脇に挟んでいた書類に目を通し、紺色の制服を着た警備員に車止めを退《ど》けるように指示をした。

タクシーは正面の石段の前で右折するとヘアピンカーブを曲がって、庁舎のすぐ脇で停まった。

浩志はタクシーを降りると、庁舎を脇に沿って直進し、グランドの横を抜ける。構内道路の北門前の交差点に白髪《しらが》の男が立っている。傭兵代理店の池谷である。

「ご無沙汰しております。事件はオールクリアです」

いささか緊張した面持《おもも》ちで池谷は薄くなった頭頂部を見せて頭を下げ、北門に向かって歩き始めた。

事件とは浩志が高速道路で襲撃されたことだ。警視庁は襲撃者の死体を彼らの武器と共に回収していた。目撃者の証言もあったので、浩志に捜査の手が伸びるのも時間の問題であった。浩志の言う通り、正当防衛なので調べれば問題はいずれ解消されたはずである。だが、その間に浩志はマスコミに晒《さら》される危険性があった。それを危惧した池谷は防衛省の知り合いを通じて政府高官に連絡し、襲撃されたのは政府関係者だったことにして事件を闇に葬ったのだ。

浩志は無言で池谷の後ろに従って歩いた。防衛省に用があるわけではない。傭兵代理店に行く前に尾行をまくのに立ち寄ったのだ。そのため、傭兵仲間は代理店から支給されている防衛省の入庁許可証を持っている。

池谷は北門の警備員に入庁許可証を見せて、浩志と一緒に外に出ると、道を渡ってしばらく歩き、五階建てマンション〝パーチェ加賀町〟のエントランスのセキュリティを解除した。

マンションが竣工《しゅんこう》してから二年近く経っているが、一般人は住んでいない。完成当時から池谷と友恵、瀬川、黒川、それに傭兵代理店のスタッフである中條修《なかじょうおさむ》が住んでいたが、今年に入ってから仲間から〝クレイジーモンキー〟と呼ばれる寺脇京介《てらわききょうすけ》も引っ越してきた。

エレベーターに乗った池谷は階数ボタンを複数回押した。ボタンは暗証キーにもなっているのだ。稼働したエレベーターのドアは、階数表示のない地下二階で開いた。

地下一階は駐車場になっており、地下二階は傭兵代理店の事務室、スタッフルーム、武器庫などがある。傭兵代理店は、日本で営業するのは法律的にも難しいために公開していない地下二階にあるのだが、代理店の基幹となる設備だけに携帯電話だけでなくあらゆる通信ができるようになっていた。

正面のエレベーターホールは、大きなテーブルと椅子が置かれ、ブリーフィングルームにもなっている。

「大丈夫か?」

エレベーターから出た浩志は、右手を軽く上げた。

「掠《かす》り傷程度です」

答えたのはテーブルの向こう側に座っている辰也である。頭に包帯を巻いていた。その隣りに座っている宮坂は、同じように包帯を頭と左腕にしている。

他にも動くものなら何でも操縦できるというオペレーターの天才、〝ヘリボーイ〟こと田中俊信《たなかとしのぶ》、京介、村瀬、鮫沼が顔を揃えていた。

リベンジャーズでこの場にいないのは、タイに行っている瀬川と黒川、それに海外にいる米軍最強の特殊部隊デルタフォース出身のヘンリー・ワット、アンディー・ロドリゲス、マリアノ・ウィリアムスの三人である。
また、昨夜〝モアマン〟がシャッター前に置かれた爆弾で攻撃されたため、加藤は警察の現場検証に早朝から立ち会っていた。

シャッターを吹き飛ばされたものの修理工場の奥にいた辰也と宮坂は、鋼鉄製のシェルターで爆弾の直撃を免《まぬか》れた。だが、頭上から降り注いだ天井の破片で頭部と腕を負傷したのだ。

「仕事は受けたんだろうな？」

テーブルを挟んで辰也の向かいに座った浩志は、テーブルから離れて立っている池谷に尋ねた。

「さきほど、フランスの国防省から正式なオファーがありましたので、引き受けました」

池谷は不安げな表情をしている。

「俺は外人部隊のプラティニ中佐から要請を受けた。どうしてわざわざ国防省にまで話があがったのだ？」

浩志は鋭く舌打ちをした。

リベンジャーズに依頼される仕事は、すべて極秘任務である。仕事の内容を知る者は、必要最低限にするべきなのだが、国防省を通せば関係者は増えるだけで浩志らの安全が脅《おびや》かされることになるからだ。

「外人部隊からのオファーに対して、イスタンブールの爆弾テロで被害を受けた国家憲兵隊が横槍を入れてきたようです。まあ、所属の特殊部隊が壊滅させられて、その仇《かたき》を自分たちで討ちたかったのでしょう。そこで、プラティニ中佐は連隊長を通じて、国防省の四軍参謀総長の名でオファーを入れてきました。実際のところは名前を借りただけらしいのですが」

池谷は困惑の表情で答えた。というより、浩志だけでなく、辰也らも襲撃されて怯《おび》えているのだろう。

「まさか、仕事を引き受けたので、俺たちは狙われたのですか？」

辰也は肩を竦めて見せた。

「俺たちはある意味、有名になり過ぎた。任務を妨害《ぼうがい》しようとする組織はそこらじゅうにあるからな」

リベンジャーズが結成されて十年になろうとしている。これまで数々の任務をこなし、その存在は、傭兵代理店だけでなく、海外の情報機関、それに国際犯罪組織にまで知れ渡っている。

「この間の作戦でも俺たちは随分と妨害されましたが、今回は依頼を受けた途端に命を狙われたんですよ。そんなのありですか」

辰也が首を左右に大きく振って見せた。

前回ウェインライトから受けた仕事で、加藤と京介が敵のトラップで重傷を負ったことを言っているのだろう。しかも、作戦前に浩志と同行していた大佐ことマジェール・佐藤《さとう》は、銃撃されて負傷している。敵の狙いはリベンジャーズの指揮官を殺害し、チームの作戦遂行能力を停止させることだったに違いない。

「ありえるぞ。敵は俺たちのことを知っており、作戦に就く前にリベンジャーズの戦力を削《そ》ぐか、あわよくば壊滅させようとしているんだ」

宮坂が辰也を無視し、浩志の言葉に大きく頷いて見せた。

「あのお、お言葉ですが、確かにリベンジャーズの存在は、活躍しているだけに世界中に知れ渡っています。ですが、皆様の個人情報まで漏れているとは思えません」

池谷が不満げな顔をしている。傭兵仲間の情報は、日本の傭兵代理店に集約されているため、彼のところからデータが漏れていると仲間から疑われていると思ったのだろう。

「誰もあんたのところから情報が漏れているとは思っていないよ」

宮坂が苦笑して見せた。

「だよな」

辰也が頭を掻きながら笑っている。彼らは騒いでいるだけで、敵を恐れていないのだ。

「オファーが来たということは、ターゲットは見つかったのか？」

浩志はむっつりとした表情で尋ねた。

「二人のアルジェリア系フランス人は、イラクにいることが分かったそうです」

池谷は浩志の隣りに座って答えた。情報はフランスの対外治安総局（ＤＧＳＥ）がもたらしたのだろう。だが、ベックマンの所在は掴んでいないらしい。

「準備が整い次第、イラクに向かう」

浩志は池谷の言葉を遮った。彼の言いたいことはよく分かっている。

「いや、しかし、その前に誰が襲撃してきたのか知る必要があるのでは」

池谷は首を激しく左右に振った。

「見当はついている。だが、それを確認するには、ベックマンを捕まえるしかないだろう」

仲間を襲撃してきた連中は、素人ではない。二回の襲撃に失敗した以上、彼らは当分姿を現さないはずだ。

「ベックマン？」

池谷は首を傾げた。やはり、肝心《かんじん》のベックマンの情報は得ていないらしい。

「仲間に集合をかけてくれ。全員だ」

浩志は立ち上がった。

二

ロンドン西南、リッチモンド、白人が多く住む街である。

移民が増えたロンドンは、二〇一二年から白人の占める割合が減って少数派となった。二〇一六年六月に行われた国民投票で、英国のＥＵ離脱が過半数を超えたのも、移民の増加とそれに伴う就職率の悪化に白人労働者階級の不満が爆発したからだ。

リッチモンドのザ・バインヤード通りに面した赤煉瓦の二階建ての一軒家にワットと彼の家族が住んでいた。一戸建てが多い閑静《かんせい》な住宅街である。

主寝室のダブルベッドにワットと妻のペダノワが眠っている。二人の娘は、それぞれ別の部屋に眠っていた。上の子はクロエ、三歳、下の子はハンナ、一歳になったばかりだ。

ワットのすぐ脇にあるサイドチェストの上に置いてある衛星携帯が、一度鳴った。

午前一時四十分。日本との時差はマイナス八時間である。

日本では、ちょうど傭兵代理店で浩志らが打ち合わせを終えていた。

ぴくりと反応したワットは目を閉じたまま衛星携帯を手に取ると、薄く瞼《まぶた》を開けて画面を確認した。

「ほう」

ワットはにやりと頷いた。

〝集合。連絡を乞《こ》う　ＢＹアンクル〟

傭兵代理店の池谷からのメールで、アンクルとは池谷のコードネームである。たった一行の簡単なメッセージだが、仲間が見れば浩志からリベンジャーズの集合が掛かったことが分かる。

「どうしたの？」

ペダノワも目を覚ましていた。

「浩志の招集だ」

ワットは半身を起こして答えた。

「いいわね。たまには私も呼んでくれないかしら」

ペダノワはワットの手を摑んで衛星携帯の画面を覗き込んだ。

彼女はロシア連邦保安庁防諜局に所属する特殊部隊の指揮官だった。ある事件がきっかけで政府から追われる身となり米国に亡命し、彼女の危機を救ったワットと結婚して四年近く経つ。

二児の母になった今も体を鍛え、現役時代と変わらない動きができるように心がけている。彼女の場合は、ロシアからの暗殺者から自分と家族を守るためだが、リベンジャーズの活躍を知っているだけにワットが時に羨《うらや》ましく思えることがあるらしい。

「あら」

ペダノワはワットの手を離した。

彼女の側にあるサイドチェストの上にベビーズモニターの親機が二台置いてあり、左側が赤いシグナルを点滅させているのだ。下の子のハンナが目覚めて動き出したらしい。子供の部屋に置いてある子機はモーションセンサーが付いているので、寝返りをうっても反応するほど感度がいい。

「見てくるわ」

ペダノワが起き上がると枕の下に手を入れた。彼女の銃であるグロック26が隠してあるのだ。どんな時も気を許さない。だからこそ、彼女はこれまで生き延びてきた。亡命してから何度も命を狙われたが、いずれも暗殺者を排除している。

「俺が行く」

枕の下からグロック22を抜き取ったワットは、ベッドからそっと下りた。いつもならペダノワに任せるのだが、数時間前に浩志や仲間が襲撃されたと日本の傭兵代理店から警告を受けているため神経質になっているのだ。

寝室のドアを薄く開けたワットは、廊下を覗くと発砲した。不審な男がいたのだ。

「俺は、ハンナ、おまえはクロエだ」

廊下に飛び出したワットは、額を撃ち抜いた男を跨《また》いで左前方の部屋に飛び込み、ハンナの部屋にいた男に銃弾を浴びせた。

銃声。

「ペダノワ！」

ワットは、隣りの部屋に飛び込んだ。

クロエのベッドの傍らに眉間を撃たれた男が倒れている。クロエは銃声に驚いたらしく、大声で泣いていた。

振り返ると開いたドアの隙間に挟まるようにペダノワが蹲《うずくま》っている。

「シット！」

鋭く舌打ちしたワットは、ペダノワを抱き起こした。

「油断したわ」

ペダノワは笑って見せたが、腹を撃たれている。

「動くなよ。救急車を呼ぶ」

ワットは電話をかけるために寝室に戻った。


米国ケンタッキー州、フォート・キャンベル米軍基地。

南北戦争時代の名将である北軍のウィリアム・ボーエン・キャンベル准将にちなんで名付けられた基地である。

「腰が高い。もっと低くしろ！　頭を吹き飛ばされたいのか！」

アンディー・ロドリゲスは、移動しながらマンターゲットを銃撃する兵士に教官として活を入れている。兵士と言ってもただの陸軍の兵士ではない。第百一空挺師団の特殊部隊である第百六十特殊作戦航空連隊の強者《つわもの》ばかりだ。

アンディーとマリアノ・ウィリアムスは、米軍最強と言われた特殊部隊デルタフォース出身でその飛び抜けた技術と才能で、退役後も教官として招集されるのだ。

午後六時、日本とロサンゼルスの時差はマイナス十六時間。

射撃訓練は六人のチームごとに行われており、マリアノは次のチームと一緒に射撃場の後方で訓練を見ていた。

マリアノの衛星携帯が反応した。呼び出し音は消している。射撃訓練中なのでイヤーマフをしているが、マリアノとアンディーのイヤーマフは銃撃音を電子的にカットし、日常生活音だけマイクで拾うため聞こえてしまうからだ。

「…………」

訓練中は衛星携帯に出ることはないが、マリアノは着信の相手だけは確認する。

画面を確認すると、メールであった。二十分前にメールが一通来ていたが、射撃中だったのでまだ見ていなかった。

〝集合。連絡を乞う　ＢＹアンクル〟

一通目のメールは、傭兵代理店で打ち合わせを終えたばかりの池谷が、浩志の「全員招集」の要請を受けて海外の仲間に一斉に送ったものだ。

〝緊急連絡。ピッカリ襲撃される。注意！　ＢＹアンクル〟

二通目のメールは、ワットが襲撃されたという内容で、仲間に警戒を促している。

「なんてことだ」

眉間に皺を寄せたマリアノは、衛星携帯から目を離して訓練中のチームを見た。

射撃場のマンターゲットは十体で1セットになっており、距離が離れているものや高さが違うものなど、全部で四セットある。だが、最後のセットの十体のうちいくつかの的が傾いていた。

「撃方止め！」

アンディーも傾いている的に気が付いたらしい。付き添っているチームに待機を命じると、アンディーは的に向かって歩き始めた。

「アンディー」

マリアノは呼び止め、衛星携帯を見るようにジェスチャーをした。訓練中であろうと、ワットが襲撃されたというのは、すぐにでも知るべきだからだ。それに訓練が始まる一時間前にターゲットはマリアノも確認している。その時は異常はなかったのだ。射撃場に何者かが侵入した可能性もある。訓練を中断して周囲を調べるべきかもしれない。

「分かっている。俺が直すよ」

アンディーはマリアノに手を振って答えると、両手でマンターゲットの傾きを直した。

轟音。

マンターゲットが爆発した。

三

午前十時二十分、〝パーチェ加賀町〟地下二階、傭兵代理店。

「まだ、瀬川さんと連絡はつかないのですか！」

池谷は苛立《いらだ》ちを隠そうともせずに、衛星携帯を手にする中條を怒鳴りつけた。

四十分前、リッチモンドに住んでいるワットが四人の男に襲撃され、彼の妻であるペダノワが腹部を撃たれて重体になった。また、ほんの二十分前であるが、米国のフォート・キャンベル米軍基地で教官を務めていたアンディーが、射撃場で爆死している。

二つの事件報告を受けた池谷は、中條にタイの第三特殊部隊に教官として赴《おもむ》いている瀬川と黒川らに電話をかけさせ続けているのだが、訓練中らしくまだ連絡が取れないのだ。

「ミセス・ペダノワの容態《ようだい》はどうなっているのか、教えてもらえませんか？」

辰也はリッチモンドの病院に直接電話を入れてペダノワの容態を聞いている。詳しい事情が聞きたくても、ワットは第一報を池谷にメールで連絡してきただけで電話が通じないのだ。

「くそっ！」

電話を切った辰也は、悪態をついた。どこの病院でも家族以外の者に状況を知らせることはないだろう。それに事件があってからまだ四十分である。ペダノワは今手術を受けているはずだ。病院に付き添っているワットでさえ、状況はまだ分かっていないだろう。また病院内のため、衛星携帯の電源を切っている可能性もある。

「落ち着け」

エレベーターホールのソファーに座っている浩志は、辰也らに言った。情報収集はしなければならないが、たとえ現段階で状況が分かったとしても、海外の仲間には何の手助けもできないのだ。

「任務に就く前に次々と狙われて、仲間に死傷者が出ているんですよ。これが、落ち着いていられますか」

辰也が両腕を上下に振って喚《わめ》いた。仲間が戦場で命のやり取りをすることは誰でも平気なくせに、自宅や基地を襲撃されたことに戸惑っているのだろう。

「ペダノワの状況はワットから報告があるはずだ。俺たちが気を揉んでも仕方がない。それよりも、瀬川と黒川だ。直接連絡することができないのなら、スウブシン陸軍准将に連絡を取るんだ。それでもだめなら、大佐から電話をしてもらえ」

浩志は淡々と言った。打ち合わせが終わって一旦帰ろうとしたのだが、事件の報告を受けて戻って来たのだ。

「そっ、そうですね。すぐ電話してみます」

池谷は掌《てのひら》を音を立てて叩き、頷いた。パニック状態に陥れば、さらに状況は悪化する。冷静に行動しなければいけないのは、平時でも同じことだ。

「俺たちは傭兵だ」

浩志は不機嫌そうに辰也らを見て言った。

「たっ、確かに俺たちは傭兵ですが」

辰也は宮坂と顔を見合わせて首を捻っている。

「傭兵が死ぬのは戦場だけか？」

浩志は二人の顔を交互に見た。戦場や紛争地は無法地帯のため、殺人が罪に問われないが、倒した敵の仲間や家族に恨まれるのは、どこだろうと関係ない。だからこそいつ報復を受けても不思議ではないのだ。

「…………」

辰也は口を閉ざし、頭を掻いて見せた。我を失っていた自分を恥じているのだろう。

タイ、チェンマイ北部、第三特殊部隊の訓練基地。

午前八時四十分、日本との時差はマイナス二時間。

迷彩の戦闘服を着た瀬川と黒川は、高さが三十メートルある鉄骨の降下訓練塔の最上階に立っていた。二人とも訓練に専念すべく衛星携帯の電源を切っている。

訓練塔の最上部には鉄骨のアームが出ており、四本のロープが垂れ下がっていた。

「降下！」

瀬川の号令で、黒川はロープを摑んであっという間に降下し、地上に到達すると膝立ちになって背負っていたM16A2を構えた。非の打ち所がない降下である。降下の見本を見せたのだ。

陸上自衛隊の空挺団が使用している訓練塔は八十三メートルある。三十メートルの高さは、瀬川らにとってなんということはないのだ。

「地上に到達する寸前で速度を落とすんだ。ビビッて高い位置で速度を落とせば、敵に狙撃される。だが、速度を落とさずに地上に降りれば、足を痛める。最悪、足を骨折して戦線を離脱するだけでなく、仲間の重荷になる」

瀬川は訓練塔の最上階で、五人の第三特殊部隊の隊員を指導していた。彼らはラペリング降下は、はじめてではない。だが、さらなる技術の向上を目指して二人は指導している。

「うん？」

何気なく上を見上げた瀬川は、目を細めた。塔の最上部に黒い箱が括《くく》り付けられていることに気が付いたのだ。

瀬川は鉄骨をよじ登って足場を確保すると、腰に差しているナイフで黒い箱の蓋をこじ開けた。配線が絡み合った爆弾である。アンテナが付いているので無線で起爆させるのだろう。瀬川は迷うことなくアンテナを取り外した。

「何！」

アンテナを外した途端、ボックスの上部の赤いＬＥＤランプが点滅しはじめた。カウンターはないが、無線で起爆装置が起動しなくなった際に起爆タイマーが働くように仕組んであったに違いない。

「爆弾だ。急げ！　訓練塔から離れるんだ！」

最上階に飛び降りた瀬川は、四人を選んで先に降下させ、間髪を容れずに残りの一人とともにロープを摑んだ。先に降りた四人が地上に到達し、ロープから離れた。

「行くぞ！」

号令をかけた瀬川は降下を開始する。

訓練塔の最上部が爆発した。

「なっ！」

切断されたロープとともに瀬川は地上に激突した。

四

午前九時十分、浩志は辰也と加藤を伴ってタイ北部のチェンマイ国際空港に到着した。乗り継ぎも入れて十六時間掛かっている。

タイ国軍の第三特殊部隊の訓練中に瀬川が時限爆弾により負傷したという報告を受け、浩志はすぐさま二人を連れて日本を発った。

昨日傭兵代理店でフランスからのオファーを受けた際、すぐにイラクに行くべきだと思っていた。浩志や辰也らを狙った犯人を捕まえることは、不可能だと思ったからだ。だが、瀬川が狙われた事件のいきさつを聞いて疑問を覚え、急遽爆弾のプロである辰也を連れてタイにやって来た。運が良ければ、犯人を捕まえることができるかもしれない。

犯人は今回引き受けた仕事と関係していると浩志は睨んでいる。イラクで仕事に就く前に犯人を捕まえて自供させ、その背景を知ることは任務に役立つはずだ。ちなみに他の仲間とはイラクで合流することになっている。

米国でも爆破事件が起きてアンディーが犠牲となった。だが、米軍基地内で起きた事件で、しかも捜査は陸軍犯罪捜査司令部（ＣＩＤ）が行っているので手が出せない。その点、第三特殊部隊なら直接調べることができるため、タイを訪れたのだ。

浩志と辰也が入国審査を受けて到着ロビーに出ると、国軍の将校が四人の兵士を引き連れて浩志らの前に立ち、敬礼した。

「ミスター・藤堂、お迎えに参りました」

今年のはじめにチェンマイに来た際、浩志らの世話係になっていた第三特殊部隊のトンラオ少尉である。

彼らに従って空港ビルを出ると、二台のタイ国軍の軍用四駆〝ＭＵＶ４〟が二台停まっていた。浩志と辰也は二台目の後部座席に乗り込んだ。加藤は事件現場に同行させないので、別行動を取らせてある。

「市内の病院に向かいます」

助手席のトンラオが振り返って言った。

「いや、基地の訓練所の爆破現場に行ってくれ」

瀬川は第三特殊部隊の兵士と一緒に降下し、直後に時限爆弾は爆発した。爆弾の直撃は免れたが、降下用ロープが切断されて二人は地面に激突している。二人とも足を骨折したが、命に別状はない。病院にすぐに顔を出す必要はないのだ。

二台の〝ＭＵＶ４〟は、旧市街には入らずに外周道路を抜けて、チェンマイ郊外の第三特殊部隊の基地に向かった。

「ミスター・瀬川がいち早く爆弾に気が付いて退避命令を出したおかげで、被害は最小限に抑えることができました。さすがですね。訓練塔には、私の部下が五人、私自身も含めて訓練所には、合計三十二人いましたが、誰一人爆弾の存在に気が付きませんでした」

トンラオは恐縮した様子で言ったが、瀬川は仲間の中でも人一倍用心深く、トンラオの部下が劣《おと》っているわけではない。

「たまたまだろう」

浩志は適当に答えて話を合わせた。今回リベンジャーズに降りかかった災難は、明らかにフランス国防省からの要請を受けたことと関係している。日本だけならともかく、米国、英国、タイでほぼ同時に傭兵仲間は襲撃された。敵は浩志らの任務を妨害すると同時に、組織が巨大で太刀《たち》打ちできないという圧倒的な力の差を見せつけたかったのだろう。

二十分ほど走り、チェンマイの北部にある第三特殊部隊の訓練所に着いた。

基地ゲートを通過し、舗装もされていない道路を二百メートルほど進み、訓練塔の手前に車は停められた。

訓練塔の下に立っていた迷彩服を着た黒川が、小走りにやって来た。

「ご苦労様です」

黒川は強張《こわば》った表情をしている。彼は事件後すぐさま傭兵代理店の池谷に連絡をしてきた。瀬川が負傷したことに責任を感じているようだ。

「案内してくれ」

車を降りた浩志は、黒川に従い辰也と一緒に訓練塔の鉄製の階段を上った。浩志は爆破事件直後に現場を片付けずに保全するよう、スウブシン陸軍准将に頼んであったのだ。

「あの黒焦げになっているところに、爆弾が設置されていました」

黒川は最上階の床から二メートル上の鉄骨の梁《はり》を指差した。黒ずんで多少歪んでいるが、壁や天井がないため、構造物の被害はほとんどなかったらしい。

「どう思う？」

浩志は隣りに立っている爆弾の専門家である辰也に尋ねた。

「鉄骨だけなので、大した被害はないように見えますが、爆発物が仕掛けられた鉄骨が歪んでいるところを見ると、相当な威力です。Ｃ４を使ったんでしょう。床を見てください」

辰也はしゃがむと、床を指差した。床はパンチメタルの鉄板であるが、無数の傷や凹《へこ》みがある。

「鉄片が仕込んであったんだな」

浩志は見るまでもなく、足元に違和感があったので気が付いていた。爆発時に最上階に人がいれば、誰一人助からなかったことは間違いない。

「前日の夜に忍び込んで爆弾を仕掛けて、無線で起爆させるつもりだったんでしょう。だが、瀬川が無線のアンテナを外してしまった。しかし、犯人はそれを予測して、時限装置に切り替わるようにセットしてあったんです。プロでもかなり高度な技術を持ったやつの仕業ですね」

辰也は首を振って苦笑した。

現場検証をした浩志は訓練塔を降りた。塔の下では、部下を連れたトンラオが待っていた。爆発現場である最上階に浩志らと一緒に上がれば邪魔になると、気遣ったのだろう。

「使われた爆薬はおそらくＣ４だろう。素人が手に入れられるものじゃない。外部から持ち込まれた可能性もあるが、部隊内部の犯行も考えられる。武器庫の弾薬に欠品がないか調べてくれ」

浩志はトンラオに命じた。

五

チェンマイ旧市街から北に百キロ、チェンマイランナー総合病院。

午前十一時半、浩志と辰也は、黒川とともに瀬川の病室を訪れている。

「わざわざ見舞いに来ていただいて、恐縮です」

右腕と右足にギプスをしている瀬川は、意外と元気そうだ。病院はタイ国軍が手配しており、瀬川は豪華な個室に収まっている。

「見舞いは、おまけだ。俺と藤堂さんで現場検証に来たんだ。それにしてもおまえほどついてないやつは、いないよな」

辰也は笑いながら言った。瀬川の怪我が大したことがなかったために嬉しいのだろう。瀬川は前回の任務では、ハイジャック事件に巻き込まれて負傷し、作戦に参加することもできなかった。もっともそれがきっかけで美人のキャビンアテンダントと付き合うようになったので、不運だとは言い切れないだろう。

「死ななかっただけましですよ。それにしても、アンディーは残念でしたね」

瀬川は沈鬱《ちんうつ》な表情になった。一歩間違えれば、彼も死んでいておかしくなかったのだ。

「葬儀は、明後日行われる」

浩志は難しい表情で言った。浩志だけでなく、ワットをはじめとした傭兵仲間は参列しない。今回の任務を終え、襲撃者を抹殺したら仲間全員で墓参りするつもりである。

ワットも、自分の手で犯人を殺さない限りアンディーの墓には行かないと言っていた。そのため、今回の任務には参加せず、マリアノとともに犯人を捜査するつもりらしい。彼ならＣＩＤにも顔が利《き》くはずだ。米軍基地内で起きた事件だろうと、調べることができるだろう。

浩志はワットとマリアノの意思を尊重《そんちょう》し、彼らを止めなかった。むしろ一緒に捜査したいという気持ちの方が強い。仲間なら誰しも同じ思いだろう。

「明後日ですか。参列できないのが、残念です。友人でもありましたが、重要な戦力を失いましたね」

瀬川は大きな溜息をついた。ラテン系のアンディーは、明るい性格でムードメーカー的な存在であった。それに狙撃、爆弾処理など一流の腕を持っており、彼の死がリベンジャーズとして、深刻な損失であることは確かだ。

「ところで、おまえが爆発させてしまった爆弾について質問があるが、いいかな」

辰也は瀬川の前に立った。頭に巻いていた包帯は取っているが、額に大きな絆創膏《ばんそうこう》を貼っている。

「なんでも聞いてください」

「降下訓練を始めた時、瀬川と黒川の二人は、訓練塔の最上部にいたんだよな」

腕組みをした辰也は、首を傾げながら尋ねた。

「……私と黒川、それに五人の第三特殊部隊の隊員がいました」

瀬川は、戸惑いながらも答えた。頭部を激しく打ったらしく、事件前後の記憶はあいまいなのだろう。

「どれくらいの時間、その場にいた？」

「隊員らは降下訓練がはじめてではなかったので、説明する必要はありませんでした。そのため私が、見本を見せるためにすぐに降下しました。時間的に最上階に私たち二人が一緒にいたのは、ほんの二、三分のはずです」

瀬川が首を捻ったので病室の片隅に立っている黒川が代わりに答えた。

「爆弾の起爆装置は確かに無線式と時限式の二通りだった。だが、どうして、無線式で起爆させなかったんだろうか？」

辰也は自問するように言った。浩志の指示で爆弾の破片は集められていたため、彼は現場を見た後に破片を調べている。黒焦げになった破片を見て、辰也は瀬川の証言通りに二種類の起爆装置を確認していたのだ。

「……？」

瀬川はまた首を傾げた。まだ頭がはっきりしていないのだろう。

「おまえたちを殺すのなら二人同時にいたタイミングを狙うはずだ。二、三分もあれば、無線の起爆スイッチを押す時間は、充分あったはずだ。そのタイミングを逃した理由が分かれば、犯人も分かるかもしれないんだ。まあ、可能性の問題だがな」

辰也がしたり顔で言った。

「可能性？」

瀬川はまだ分からないらしい。

「可能性は二つ考えられる。一つ目は爆弾を設置した犯人が、無線の起爆装置の電波が届かない場所にいた。特殊部隊の訓練所だけになかなか近づけなかった。二つ目は送受信機のどちらかが故障していた。可能性としては、機械上のトラブルがあったんじゃないかと俺は思っているがな」

辰也は人差し指を立てて、自分の推測を披露してみせた。

「ちょっとまってください。とすると、私は無線の起爆装置が故障した爆弾のアンテナを外して、わざわざ時限装置を起動させてしまったのですか」

瀬川が右手を上げて、顔をしかめた。

「別におまえを責めているわけじゃない。あの場合、俺でもそうしたさ」

辰也は肩を竦めて見せた。

二人の会話を黙って聞いていた浩志は、ジャケットのポケットから振動する衛星携帯を取り出して電話に出た。

「俺だ」

――トンラオです。ミスター・藤堂のおっしゃる通り、武器庫からＣ４がなくなっていました。

「そうか。やはりな」

浩志は頷くと電話を切った。トンラオは浩志に命じられてからすぐに部下に武器庫を点検するように命じていたのだ。

「何か分かりましたか？」

辰也と瀬川が同時に声を上げた。

「どうやら、三つ目の可能性があったようだ」

携帯電話を仕舞った浩志は、にやりと笑った。

六

午後十時、闇に包まれた第三特殊部隊基地は、森閑《しんかん》としていた。

基地の南側に煉瓦色の屋根の兵舎が二つある。

そのうちの一つから人影が闇に抜け出し、兵舎裏の駐車場に停めてあった〝ＭＵＶ４〟に乗り込んだ。

〝ＭＵＶ４〟は正門ゲートの前で停まった。

「セーンサク曹長、こんな夜中にお出かけですか？」

ゲートの警備に就いている兵士が、困惑した表情をみせている。夜間の外出は禁止されているからだ。

「ああ、まいったよ。少佐からメコンウイスキーを買ってくるように言われたんだ」

兵舎から抜け出した曹長は、肩を竦めてみせた。

メコンウイスキーは、タイ産のウイスキーだ。ちなみに原材料は、麦ではなく米であるため、一般のウイスキーのカテゴリーからは外れる。

「大変ですね。ご苦労様です」

苦笑を浮かべた兵士は、ゲートを開けた。

「すまないな」

セーンサクは右手を軽く上げると、アクセルを踏んだ。

〝ＭＵＶ４〟はルート１２１号を南に向かい、十分ほどで旧市街の外周道路に到着すると、時計回りに外周道路を走り、旧市街の東側にあるロイクロ通りを左折した。この時間でも賑《にぎ》わっているバービア街と呼ばれる猥雑《わいざつ》な繁華街である。

セーンサクは〝カーニバル〟というオープンバーの店先に〝ＭＵＶ４〟を堂々と停めると、店の中に入った。

〝ＭＵＶ４〟から数メートル離れたところにカワサキの１２５ｃｃのバイクを停めた男が、セーンサクの後を追うように店に入り、カウンター席に座ったセーンサクから離れたテーブル席に腰を下ろした。


「トレーサーマンが店に入りました」

〝ＭＵＶ４〟から二十メートル離れた路上に停めてあるトヨタ・ハイエースのハンドルを握る黒川は、バックミラーを見て言った。

助手席には辰也、後部座席には浩志が乗っている。また、セーンサクを尾行しているのは、加藤であった。彼は浩志の指示を受けて、旧市街のホテルで待機していたのだ。

浩志は黒川から爆破事件の状況を聞いて内部の犯行を最初から疑っており、捜査する際に追跡のスペシャリストである加藤の出番があることを想定していた。

また、内部の犯行は第三特殊部隊の幹部も危惧《きぐ》しており、客観的な立場に立てる浩志の捜査に期待している。公開されていない極秘の部隊だけに国軍の憲兵隊には逆に頼みづらいという面もあったようだ。

――こちらトレーサーマン、リベンジャー応答願います。

加藤からの無線連絡である。浩志らは傭兵代理店で用意された超小型のブルートゥースイヤホンを付け、無線機を携帯していた。

「リベンジャーだ」

――ターゲットは、白人男性観光客と接触しています。

ターゲットとは、むろんセーンサクである。

彼は爆発事件の際、瀬川と黒川の二人と訓練塔の最上階に一緒にいた五人の隊員の一人だ。五人は、その日に訓練を受けた隊員の状況を見ていた瀬川が直前に決めている。

浩志は、犯人が無線で起爆しなかった理由は、瀬川らと一緒にいた兵士の中の一人だからだと推測していた。また浩志と辰也が捜査に加わり、さらに武器庫まで調べたので犯人は焦って動きを見せることも予測していたのだ。

「白人を尾行しろ」

浩志の狙いは、セーンサクよりも彼と繋がりのある人間である。

――了解。

十分後、セーンサクは店を出ると、〝ＭＵＶ４〟に乗って街を出て行った。彼の行動はトンラオに連絡してある。基地に戻ったところで拘束する予定だ。

さらに十分後、一人で酒を飲んでいた白人は店を出た。道の左端を歩いていた男は通りを渡って、二十メートルほど先でまた道を横切った。通りを渡る際に後ろを振り返るのは自然な行動に見えるためで、さりげなく尾行を確認しているのだ。男がただの観光客でないことは明白である。男はさらに１ブロック先の交差点で道を渡って通りから消えた。

――こちらトレーサーマン、リベンジャー応答願います。

二人の姿が見えなくなって十分後、加藤から連絡が入る。

「リベンジャーだ」

――白人が、ロイクロ・ソイ１のクラシック・ラインホテルに入りました。

タイで通りに〝ソイ〟がつく場合は、幹線道路の脇道を意味する。ロイクロー通りと交差する一番目の脇道ということだ。

白人の男は、１ブロック先の交差点で右に曲がり、次々と交差点を右に曲がって１ブロックを大回りしてホテルに入ったようだ。神経質なまでに尾行に注意を払っていたようだが、加藤に尾行されては、逃れることはできない。

「トレーサーマン、そのまま見張っていろ」

——了解！

「辰也、行くぞ！」

浩志は後部座席から飛び出すと、夜の繁華街を走り、次の交差点で右に曲がった。

五十メートルほど先に一階がオープンバーになっているクラシック・ラインホテルがあり、浩志と辰也はさりげなく入る。三階建ての小さなホテルである。

加藤がフロントの前に立っていた。浩志の顔を見ると、加藤は頷いて奥へと進んだ。すでにフロントには話が通じているらしい。浩志はフロントマンに二百米ドルを無言で渡した。男は目を丸くしているが、金の意味はすぐに分かる。

「米国人で、ライアン・ブルーフ。三〇五号室です」

手短に報告した加藤は、階段を上って行く。彼もフロントに金を渡して、調べたのだろう。合鍵も手に入れられただろうが、鍵を開ければ相手に侵入を教えるようなものだ。

三〇五号室は、廊下の一番奥にあった。

ドアの前に立った浩志は、ズボンに差し込んでいたベレッタ92Fを抜く。第三特殊部隊から供給された銃である。

浩志は仲間が銃を構えたことを確認するとドアを蹴破った。安物のドアなので、二百ドルでも充分だろう。

すかさず辰也と加藤が突入した。

部屋に入ると、身長一八〇センチほどの白人の男が辰也と加藤に左右から銃を突き付けられて両手を上げている。

辰也が左手で男のパスポートを渡してきた。紺色のカバーにアメリカ合衆国と印字されている。中を見る必要はない。どうせ偽名だ。

「俺は米国人だ。分かっているのか？」

男は不敵に笑って見せた。米国人に手を出せば、国際問題になると言いたいのだろう。

銃をズボンに差し込んだ浩志は、無言で男に近づき両手を相手の肩に載せた。

「……？」

男が首を捻っている。

浩志は男の肩を摑んで鳩尾《みぞおち》に膝蹴りを食らわせた。男の呼吸に合わせて、筋肉が緩む息を吸い込んだ瞬間を狙ったのだ。

「げっ！」

男は膝から崩れると腹を抱えて蹲《うずくま》った。

「逃げれば、殺す」

男の耳元で呟いた浩志は、踵を返して部屋を出た。

ドクター・ベックマン

一

イラクの首都バグダッドから七十キロ西に位置するファルージャは、二〇一四年一月のＩＳの猛攻で陥落《かんらく》した。重要拠点を失ったバグダッドはＩＳの攻撃に絶えずさらされ、イラクは国家存亡の危機に陥っていた。

二〇一六年五月、イラク政府軍とシーア派民兵組織ハシド・シャービが、米軍の協力を得てファルージャに侵攻し、六月末までに全域を奪回している。

だが、翌七月三日にバグダッドでＩＳの自爆攻撃が相次ぎ、死者数が二百九十二人に達するという、二〇〇三年イラク戦争の開戦以来の最悪の被害を出す。バグダッドの治安は今もなお回復されていないのだ。

十月十四日、午後六時、バグダッド西部マンスール地区。

アジア系のアクの強い顔をした銀髪の男が、衛星携帯を耳に当てながらマンスール通りとロワド通りとの交差点近くの歩道に立っている。肌の色が黒く、口髭と顎鬚を蓄えているのでイラク人に見えなくもない。

交差点では政府軍の軍人が、通行人の検問を行っていた。特別なことではない。このあたりは住宅街で、数年前までは、爆弾テロの標的にもなったが、今は比較的落ち着いている。検問を日常的に行うことで、テロを抑止するというものだ。

「ああそうだ。まだ足りない」

銀髪の男は検問の兵士の前で携帯電話を耳に当てたまま、右手だけ上に上げた。

兵士は両手で男の脇の下から腰、太腿《ふともも》、ふくらはぎまで叩いて調べているが、男は兵士の勝手にさせている。

「いいぞ」

兵士は面倒くさそうに言った。女性の通行人はもともと少ないが、彼らは男の通行人だけ検問する。戒律により他人の女性を触ってはいけないからだ。だが、爆弾テロは全身を覆《おお》い隠すチャドルを着た女性によって引き起こされるケースが増えている。

「私はアーリシュレストランで食事をする。一緒にどうだ？　そうか。それじゃな」

男は百メートル先の右手にあるファーストフード店に入った。

窓際には二人席が並び、四人席がフロアーの中央にいくつもあるが、満席状態である。

「オリジナルバーガー、一つ。持ち帰る」

男はカウンターで注文し、ハンバーガーの入った紙袋を受け取ると、店の奥のドアを開け、トイレの横の非常口から隣りのビルとの一メートルほどの隙間に出た。見上げると建物に切り取られた細い空が見えるが、陽も射《さ》さずに薄暗い。

周囲を見渡した男は、数メートル先にある錆びついた鉄製の非常階段を上がり、ドアの鍵を開けて建物に入ると、廊下の突き当たりの部屋の前で再び辺りを窺《うかが》う。頷いた男は、目の前の部屋に入った。

四十平米ほどの部屋の壁際にはノートパソコンが置かれた三つの机があり、折り畳み椅子に座った三人の男がキーボードを叩いている。左端の男は白人で二十代後半、真ん中の男は黒人で三十代半ば、右端はアラブ系で三十代前半といったところか。

銀髪の男は、部屋の中央にあるテーブルに紙袋を無造作に置いた。食べるためにハンバーガーを買ったのではないのだろう。

「ドクター、もう晩飯ですか？」

中央に座っていた黒人が振り返って、ちらりとテーブルの紙袋を見て欠伸《あくび》をした。

「何度言ったらわかるんだ。私のことをドクターと呼ぶな」

ドクターと呼ばれた男は、眉を吊り上げた。

「それじゃあ、ベックマンと呼べばいいんですか？」

鼻先で笑った黒人は、椅子の向きを変えてテーブルの前に座り、紙袋の中を覗いた。ドクターと呼ばれていたのは、浩志らが捜し求めているブレストン・ベックマンだったようだ。

「本名で呼ぶな。どこに他の組織のスパイがいるか分からないんだぞ。私が誰だか本当に分かっているのか？　トニー・ガディス」

歯ぎしりをしたベックマンは、テーブルの上の紙袋を右手で払った。

「あんたこそ、俺を本名で呼ぶな。あんたはＣＩＡの幹部であり、特殊作戦チーム〝ダーク・フォー〟のチーフだった。これまで世界情勢を変えるような謀略を数々こなしてきたと同時に、ＡＬのエージェントという二つの顔を持っていた。だが、三ヶ月前に任務に失敗してＣＩＡを追われ、今は俺たちと一緒でただのＡＬのエージェントだ。俺たちのチーフだが、別に偉いわけじゃない。ただの取りまとめ役、いわばマネージャーのようなものだ。違うか？」

ガディスと呼ばれた男は、両手をわざと上げて口をへの字に曲げた。

ＡＬとは、アメリカン・リバティーというアメリカの権力中枢の裏組織である。

「少し違うな。任務に失敗したのは、私のせいではない。馬鹿な部下の失態のせいだ。それにＡＬの準幹部だからこそ、私はおまえらのチーフになった。今回の任務をこなせば、幹部を約束されている。言葉に気を付けるんだな。おまえをシリアに飛ばしてもいいんだぞ。その程度の権限は、すでに持っている」

ベックマンは口元を大きく歪めて笑った。

「…………」

上目遣いになったガディスは、口を閉ざした。

「私の名前をもう一度言ってみろ」

ベックマンは冷酷な表情で言った。

「……ミスター・イバン・ベルトラン」

ガディスが頬を引きつらせて答えると、重苦しい空気が室内に満たされた。

「お取込み中すみませんが……商品の件で、ご報告があります」

右端のアラブ系の男が、上目遣いで言った。沈黙に耐えられなかったようだ。アラブ訛《なま》りの英語である。イラク人かもしれない。

「そうだったな。ムフディ。報告してくれ」

ベックマンは三人の男たちの反対側に置かれているディレクターズチェアーに座って、肩を竦めてみせた。

「商品が順調に揃い始めました。発送のための証明書の手続きが、間に合わないくらいです」

ムフディと呼ばれた男は、自慢げに言った。

「さすが仕入れ担当だな。よくやった。それじゃ、ブライアン、四ヶ国の支部に要請した件の報告を聞かせてくれ」

ベックマンは、ガディスを別の名前で呼んだ。偽名なのだろう。

「米国でアンディー・ロドリゲス、死亡。それからタイで里見・瀬川が負傷。英国で、ワットの妻が負傷。以上」

ガディスはノートパソコンの画面を見て、素っ気なく答えた。ベックマンにまだ反発しているのだろう。

「殺害できたのは、たったの一人か。しかも日本での成果はなしだとはな。支部のエージェントが間抜けなのかもしれないが、リベンジャーズの傭兵たちは噂通りの凄腕ということなのか」

ベックマンは両腕を組んで、天井を見上げた。

「報告の続きがあるようです。日本のエージェントが、三人死亡しています」

口を閉ざしたガディスの代わりにムフディが補足した。

「逆に殺されたとはなあ。ニュースで取り上げられたのか？」

「ただの自損事故として、扱われたようです」

「闇に葬るとは、日本の諜報機関が手を回したんだな。もっとも暗殺ユニットのエージェントの身元を調べることは不可能だ。捜査のサジを投げたのかもしれないな」

ベックマンは鼻先で笑った。

「我々と違って彼らは犯罪者でしたからね。しかも過去の経歴を抹消されて訓練された暗殺者たちです。ＣＩＡでも身元を調べることはできませんよ」

ムフディが苦笑を漏らした。

「殺された三人は、誰を狙ったのだ？　マーカス」

ガディスを睨みつけていたベックマンは、鋭い視線をマーカスと呼んだ左端の白人に向けた。

「浩志・藤堂と思われます」

マーカスは険しい表情で答えた。

二

チェンマイ旧市街から北東に二・六キロ、カエオ・ナワラット5アレイ通り沿いに巨大な廃墟があった。

かつて一階が店舗、二、三階はローラースケート場だった〝スペース・ローラー〟という娯楽施設である。だが、一階店舗のシャッターや壁は地域住民が破壊したらしく、駐車場代わりに使われていた。

〝スペース・ローラー〟は、一九七〇年代に米国生まれの競技ローラースケートの人気が世界的に沸騰《ふっとう》したことに刺激されて出来た施設だが、それも束《つか》の間の話である。近隣住民に聞いても、何年前から廃墟になっているか記憶が定かでないのが現状だ。

午後十一時、廃墟周辺は商店街だが、この時間はどの店もシャッターを下ろしている。街全体が、打ち捨てられたかのように静まりかえっていた。

南北に通るカエオ・ナワラット5アレイ通り沿いの〝スペース・ローラー〟の奥である西側は、手つかずのジャングルに埋もれている。

浩志と辰也、黒川、加藤の四人は、クラシック・ラインホテルで拘束した米国人を縛り上げて連れ出し、廃墟まで運んでいた。男は、パスポート上では、ライアン・ブルーフという、ありふれた名前である。

加藤と黒川は、両脇から抱えていたブルーフを拾ってきた錆だらけの椅子に下ろし、ロープで縛りつけた。〝スペース・ローラー〟の奥にある八十平米ほどの部屋である。

壁際には空のスチール棚が並び、天井に近い位置に窓がある。倉庫として使われていたのだろう。ブルーフはホテルから移送する際に声を出さないように、後頭部を殴りつけて気絶させている。

浩志はハンドシグナルで加藤と黒川を見張りに向かわせた。敵がいるとは思えないが、真夜中に廃墟を探検しようとする物好きがいるかもしれないからだ。

「はじめますよ」

両手を組んで指の関節を鳴らした辰也が浩志に声を掛けると、縛りつけられたブルーフの腹を殴りつけた。

「…………」

気絶していたブルーフは咳き込んで、両眼を見開いた。

「おまえの名前と、任務を聞こうか。ついでに所属組織もな」

辰也は目覚めたブルーフに尋ねた。

「もう一度、警告しておく、私は米国人だ。すぐに解放すれば、おまえたちの無作法に目をつぶってやろう。だが、このままの状態が続けば、おまえたちは皆殺しになるだろう」

ブルーフは、卑《いや》しげな笑みを浮かべた。

「いつまでその生意気な口がきけるかな」

辰也はブルーフの顎に右拳を叩き込んだ。多少手加減はしているのだろうが、ごつんと鈍《にぶ》い音がした。

「……その程度の暴力で、俺が話すとでも思っているのか！」

口から血を流しながらブルーフは、大声で叫んだ。

「周りはジャングルで閉ざされている。好きなだけ叫ぶがいい」

辰也は左拳でブルーフの顎を殴りつけ、椅子ごと倒して床に転がした。

「待て」

浩志は右手を上げて辰也を制すると、ポケットから振動を続ける衛星携帯を出して電話に出た。

——分かりました。やはり、元CIA職員でした。

友恵からの連絡だ。

浩志はブルーフを拘束した直後に顔写真を友恵の元に送っていた。彼女はCIAのサーバーをハッキングし、顔認証ソフトでデータベースを検証したはずだ。

「詳しく話してくれ」

——本名は、エディ・モーガン。三年前に、イラクで秘密作戦遂行中に自爆テロの巻ぞえで死亡した、と記載されていました。

「〝もう死んでいる〟だな」

浩志は苦笑した。

——待ってください。

電話を切ろうとすると、友恵が慌てて言った。

「どうした?」

——CIAで詳細のない交通事故死や行方不明者のリストを作ったら、二百二十名もいました。全員とはいいませんが、かなりの数の生存者がいると思われます。

「二百二十名か。ひょっとして、ALに鞍替《くらが》えしたんじゃないか。もし、ベックマンがALのエージェントなら、CIAにいたころから通じていたのだろう」

影山はALの存在に気付いていないだろうが、浩志はベックマンの存在を知ってからALを疑っていた。

——私もそう思っていました。

「おそらく、CIAだけじゃないだろう。米国の主要な情報機関も調べてくれ」

——了解しました。

険しい表情で衛星携帯を仕舞った浩志は、床に転がっている男の頭の傍に膝をついた。

「エディ・モーガン、イラクで自爆テロに遭《あ》って死んだらしいな」

浩志はモーガンの耳元で言った。

「なっ！」

モーガンは両眼を見開いて、浩志を見つめている。

「今は、アメリカン・リバティーのエージェント。……そうだな」

浩志はモーガンの反応を見ながら言った。

「…………」

モーガンは口を開いたまま呆然としている。

「本当ですか？」

傍に立っていた辰也が声を上げた。

「そうらしいな。こいつの目が語っている……」

浩志は近くの柱の陰まで辰也に下がるように目で合図を送ると、ベレッタを抜いていきなり高窓に向かって発砲した。窓が開く僅《わず》かな音が聞こえたので、見上げると銃口が見えたのだ。

途端に足元の床に銃弾が跳ね返ってきた。三箇所からライフル銃で銃撃されている。高窓の外はジャングルだけに油断していた。加藤と黒川を見張りに行かせたのは、表通りに近い、二階の出入口である。

辰也も柱の陰から反撃をはじめた。

背後からも銃撃音。

見張りに就いていた加藤と黒川が戻ってきた。

浩志が中央の敵を撃つと辰也らも左右の敵を倒し、銃撃音は止《や》んだ。

「やられましたね」

溜息を漏らした辰也が指差したその先に、頭を撃ち抜かれたモーガンの死体があった。

三

米国ケンタッキー州、ルイビル国際空港。

十月十五日、午後一時四十分。入国審査を終えたワットは、到着ロビーに出た。前日のロンドンヒースロー国際空港、午後七時五十四分発に乗り、ノースカロライナ州のシャーロット・ダグラス国際空港で乗り換えてやってきたのだ。

到着ロビーの人混みの中に逞しい黒人が、身じろぎもせずに立っていた。グレーのスラックスにポロシャツと紺色のジャケットを着たマリアノである。

「元気か？」

ワットはぎこちない笑顔をマリアノに向けた。

「その挨拶には、当分、まともに答えられそうにありませんね」

マリアノは悲しげな表情で首を左右に振った。

二人は駐車場に停めてあったフォード・エスケープに乗り込んだ。

「こっちに来て、大丈夫だったんですか、本当に。奥さんの具合は、どうですか？」

ハンドルを握るマリアノは、助手席のワットを横目で見た。

「手術で小腸が五センチほど短くなったが、ピンピンしている。俺が病室にいたら落ち着かないから、アンディーを殺した犯人を見つけてこいと追い出されたよ」

ワットは肩を竦ませた。

「クロエとハンナは、どうしているんですか？」

「俺は傭兵。ペダノワは、ロシアのお尋ね者。いついなくなってもおかしくない。だから子供たちは、信頼できる施設に預けてきた。俺たちが急にいなくなっても困らないように、施設にはこれまで一家で何度も遊びに行ったよ。子持ちになるってのは、大変だぜ、本当に」

ワットは苦笑して見せた。

空港を出て二時間四十分後、エスケープは州間高速道路24号線から、フォート・キャンベル・ブールバードに下りると六キロほど進み、第百一空挺師団と記された壁に沿って右折した。右に曲がったのは、ワットらの車だけでなく、トラックや乗用車など様々だが、すべて米軍関係の車両である。

導入路のカーブを曲がり、スクリーミング・イーグル・ブールバードに入ると、基地ゲートが見えてきた。

マリアノはポケットからＩＤを出して警備兵に見せ、ゲートを通過した。ゲートからスクリーミング・イーグル・ブールバードを三・七キロほど進んだ突き当たりに、赤茶けた土がむき出した射撃場がある。

マリアノは射撃場の駐車場に車を停めた。

車から降りた二人は、重い足取りで射撃場のブース1に向かった。二日前にマンターゲットが爆発したエリアである。

「葬儀はどうだった？」

ワットは、低い声で尋ねた。マリアノは唯一リベンジャーズの仲間の中で、早朝に行われたアンディーの葬儀に参列している。

「昔のデルタフォースの懐かしい顔ぶれが沢山《たくさん》参列しましたよ。とてもいい葬式だった。ワットに送別の言葉を読んで欲しかったな」

マリアノは遠い目で言った。アンディーは爆死して肉片と化したため、火葬にされている。墓地で行われた。アンディーの家があるテネシー州ナッシュビルの墓に埋められたのは、棺桶《かんおけ》ではなく骨壺であった。

「俺も行きたかった。アンディーも寂《さび》しがっていたかな」

ワットは大きな溜息をついた。

「みんなから、ワットは来ないのかと尋ねられましたが、彼は復讐《ふくしゅう》が終わるまで来ないと言ってやりましたよ。そしたら、納得していましたね。みんなあなたの気持ちは分かっています。アンディーだって、理解していますよ」

「そうか」

ワットは〝KEEP OUT!〟のテープが張り巡らされたブース1の前で立ち止まった。

「アンディーの肉片と爆弾の破片は、すべて片付けられました。ここには、何も残っていない」

マリアノは、右の人差し指を伸ばした。指し示したところだけマンターゲットがなくなっており、そこを中心にして周囲のマンターゲットがなぎ倒されている。何もないところが、爆心地であり、アンディーが爆死した場所なのだ。

「何もないなら、なぜバリケードテープが貼ってあるんだ?」

ワットは首を傾げた。軍の施設は民間のものとは違う。肉片を片付け、爆弾の残骸を回収したら、鑑識作業のため何日も現場を保全する必要はないのだ。

「この風景をあなたの目に焼き付けてもらうためですよ」

マリアノの瞳が赤く充血している。彼が手配してくれたらしい。

「……ありがとう、な」

ワットは拳を握りしめて頷いた。

四

十月十六日、午前七時半、ドバイ国際空港。

ターミナル3のコンコースBにある〝ラウンジ・アット・B〟。

出入口にドアはなく、壁の代わりに目隠しになる酒樽《さかだる》の棚が正面に置かれている。デザインセンスもいいラウンジだ。

板張りの床にゆったりと配置されたソファーの中央を抜けた浩志は、突き当たりのカウンターの右手にあるテーブル席があるフロアーに進んだ。

浩志は辰也、加藤、黒川の三人とともにバンコクスワンナプーム国際空港、午前二時三十五分発のフライドバイ航空機で、ドバイ国際空港に午前六時五十五分に到着している。ブラウンの麻《あさ》のジャケットにベージュのチノパンと落ち着いた服装の浩志は、旅慣れた観光客のようだが、日に焼けた目つきの鋭い顔は圧倒的な威圧感がある。

「……？」

座席を見渡した浩志は、右眉を上げた。

店内は朝食を食べている客で満席状態である。浩志はテーブル席の間をゆっくりと歩いた。

「そういうことか」

頷いた浩志は、デザートやドリンクが並べられた壁際に設置してあるガラスの棚からオレンジジュースが入れられたグラスを取った。

フードメニューは豊富にあるが、食事をするために来たわけではない。グラスを手にした浩志は、二人席で食事をしている六十代と思われるアジア系の男の前に座った。

「俺は今まで見破られたことがない。よく気が付いたな」

男はフォークに刺したレタスを口に運び、日本語を口にした。公安調査庁の凄腕特別調査官だった影山夏樹である。

「俺を見て普通の人間は、なんらかの反応をする。無反応だったのはおまえだけだ」

浩志はタイからイラクに向かっている。トランジット先のドバイ国際空港で、影山と合流することになっていた。

「俺は、自然に振る舞っていた。あんたを褒《ほ》めるべきかな」

影山はわずかに口角を上げてみせた。笑ったらしい。

「パスポートはどうしている？」

浩志はオレンジジュースを飲みながら尋ねた。

「今回は違う顔と国籍で、五種類のパスポートを用意してきた。現地では米国人になるつもりだ」

影山はローストビーフをナイフで切りながら答えた。浩志も海外に行く場合は、予備も含めて三種類のパスポートを用意するが、五種類とは驚きである。彼は諜報員としてベックマンの捜査を担当することになっていた。

今分かっていることは、イスタンブールで彼と一緒にいた二人のＩＳの兵士がイラクに潜伏しているということだけだ。フランスの情報部はベックマンの重要性を分かっていないため、今後も彼らの活動には期待が持てない。そのため、ベックマンのことを誰よりも分かっている影山に協力を求めたのだ。浩志と仲間はＩＳの兵士を拘束し、ベックマンの居所を聞き出すつもりである。

「イラク人にならないのか？」

「アラビア語は、片言しか話せない。現地の米国人と接触して情報を得るつもりだ。ベックマンは米国人だ。イラク人でなくてもいいはずだ。ＩＳの兵士を捕まえて拷問するのはそっちに任せる」

影山は数ヶ国語が話せるらしいが、アラビア語はだめらしい。

「それにしても、五種類の顔のパーツも持っているということか？」

「そういうことだ」

表情も変えずに影山は答えた。もともと顔の表情に乏《とぼ》しい男らしいが、変装のためのパーツのせいで顔面の筋肉が動かしにくいのかもしれない。

「パーツを作ることは、難しいか？」

浩志は影山の顔をしげしげと見た。傍で見ても、変装しているとは思えない。実によく出来ているのだ。

「材料さえあれば、簡単だ。俺にとってはな」

「フォームラテックスか？」

浩志も知識はあるが、実際に製作する工程は知らない。

「少なくともバグダッドには売ってないだろうな」

「この先必要になるかもしれない。俺たちで材料を買い揃える。何が必要か教えてくれ」

ドバイなら手に入るはずだ。

「俺はそのために日本でパーツを作ってきたんだが……」

影山は首を傾げた。

「分かっている」

浩志も無表情で頷いた。

「まさか？」

頬をぴくりとさせた影山は、顎を浩志に向けた。

「俺たちのチームは、任務を引き受けてから何度も襲撃され、仲間に死傷者が出た。俺たちは、顔を知られている。仲間が変装する必要がでてくる可能性もある」

他人に頼み事をするのは性に合わないのだが、なぜかこの男には頼める。おそらく、軍人でない諜報員という別の分野の人間だからだろう。

「リベンジャーズが、任務に就く前に襲われたというのか？」

影山は声を潜めた。驚いたらしい。

「作戦前に襲われるのは、はじめてではない。だが、今回は日本で二度、米国、英国、タイでは、ほぼ同時に襲撃された」

浩志は声の調子も変えずに淡々と言った。

「四ヶ国で、襲撃があったのか？　ＩＳにそれほど組織力があるのか？」

影山はフォークとナイフを皿の上に載せ、腕を組んだ。

「敵は、ＩＳじゃない。まだ推測の域を出ないが、ＡＬだろう」

浩志もさすがに声を落とした。ＡＬの存在は、先進国の情報組織でもトップシークレットだからだ。

「ＡＬ？　アメリカン・リバティーか？」

影山は眉間に皺を寄せた。

「聞いたことはあるようだな。ＣＩＡではベックマンは交通事故で死んだことになっている。同じような例が沢山あった。ＡＬとＣＩＡとは繋がりがあるかもしれない」

友恵はすでに元ＣＩＡ諜報員だった者のリストを作り上げている。

「俺は日本のある情報組織に知り合いがいて、そこからも情報を得ている。詳しくは知らないがな。もっとも米国はそうでなくても汚い国だからな、驚かない。今回の任務は奥が深そうだな」

影山が口の両端を上げた。〝冷たい狂犬〟と呼ばれるだけあって、常人とは違うようだが、笑うこともあるらしい。

「ベックマンを捕まえて吐かせるのみだ」

浩志はオレンジジュースを一気に飲み干すと、立ち上がった。

五

午後七時十分、バグダッド国際空港。

浩志と仲間はドバイ国際空港を午後五時に出発し、二時間四十分のフライトでバグダッドの現地時間の午後六時四十分に到着している。

空港はここ数年戦火にさらされることはなくなってきた。だが、それでもテロリストの標的になっていることに変わりはない。現在は、イラク兵とネパールの山岳民族であるグルカ兵によって空港は警備されていた。

もっとも、空港は軍民両用で、空港ビルと反対側の格納庫の前に米空軍の大型輸送機C5、通称〝ギャラクシー〟が、停まっている。イラクの警備は当然駐留する米軍も対象なのだ。

ネパールの山岳民族は小柄だが高地で鍛え上げられた強靭《きょうじん》な肉体と、貧困ゆえのハングリー精神で最強の戦闘民族と呼ばれている。そのため、紛争地に傭兵として雇われるのだ。

空港ビルを見る限りは、戦火にさらされる前のように綺麗である。バグダッドは一年ほど前から際立って治安が回復されていると聞いていたが、嘘ではないらしい。

バックパックを担《かつ》いだ浩志は到着ロビーを出てだだっ広いビルを横切り、タクシー乗り場に向かっていた。他の国際空港に比べてとりわけ広くはないが、就航している航空会社と発着便が限られているため必然的に乗降客が少なく、相対的に広く感じるのだろう。

一緒の便に乗ってきた辰也と加藤と黒川の三人は、目立たないように別行動をしていた。影山は単独行動をしており、どの便に乗ったのかも知らない。

柱の陰からサングラスをかけた男が現れ、さりげなく近づいて並んで歩き始めた。

「待ったか？」

浩志は、独り言のように隣りの柊真に声をかけた。バグダッドで合流することになっていたのだ。

「私はヨルダン経由で三十分前に到着しましたが、待ったというほどではありません」

柊真はバックパッカーのような格好をしていた。口をほとんど動かさずに前を向いたまま話をしている。

「アンリは、どうした？」

「一緒に来ています。失礼します」

柊真はポケットからスマートフォンを出すと、電話を掛ける振りをして立ち止まり、浩志と離れた。

浩志は空港ビルを出ると、黄色いタクシーに乗り込んだ。辰也らは距離を取って浩志を見守っている。尾行の有無を確かめているのだ。

「ベビロン・ワーウィック・ホテルに行ってくれ」

タクシーに乗り込んだ浩志は、アラビア語で言った。

運転手は黙って頷くと、エアポート・ストリートからカディサヤ・エクスプレスウェイに入った。

気温は十一度まで下がっている。早朝は十度を切るだろう。乾燥しているので東京よりも寒い。

バグダッドに来るのは、記憶の限りでは七、八年ぶりだろうか。

二〇〇三年三月にはじまる〝イラクの自由作戦〟の名の下で、米国主導の有志連合でイラクに侵攻した、いわゆる〝イラク戦争〟の真っ只中《まただなか》だった。瓦礫《がれき》に埋もれ、死体が路上に転がっていた荒れ果てた街が、今では見違えるように蘇っている。

ティグリス川に架かるジュライ・サスペンデッド橋を渡り、川沿いのアブ・ナワス通りに進んだ。運転手には要所で指示を出している。黙って乗っていれば、ぼったくりに遭うからだ。橋を渡って一キロほどでベビロン・ワーウィック・ホテルに到着した。

八階のティグリス川を見下ろす、リバービューのデラックスツインである。

チェックインを済ませた浩志は、フロント前のソファーに新聞を広げて座った。

二十分後、エントランス前にタクシーが停まり、辰也が降りて来た。さらに五分後、加藤と黒川を乗せたタクシーが到着する。三人はそれぞれチェックインを済ませて自分の部屋に向かうと、浩志はしばらくして腰を上げた。彼らが尾行されていないか確認していたのだ。

部屋に入った浩志は、カーテンの隙間から外の景色を見た。対岸までの距離は七百メートルほどか。高いビルもないので狙撃の心配はないだろうが、カーテンを開けることはない。

ドアがノックされた。

ドアスコープで確認した浩志はドアを開けた。

「どうも」

宮坂が入ってくると、田中、京介、それに村瀬と鮫沼が続いた。彼らは浩志らよりも早くバグダッド入りしていたのだ。

五分後、辰也と加藤と黒川の三人が部屋を訪れた。

部屋は四十八平米と広めだが、むさ苦しい大男が九人では息が詰まりそうである。

「なんとか、無事に顔合わせができましたね」

辰也はカーテンが閉められた窓際に立った。合流するために全員細心の注意を払ってきたのだ。

ドアがまたノックされた。

加藤がドアを開けると、柊真とアンリが入ってきた。

「ご無沙汰しています」

敬礼しかかった柊真が、照れ臭そうに仲間に頭を下げた。

「〝GCP〟のクリストフ・アンリ大尉だ」

浩志がアンリを紹介すると、仲間は辰也から順に自己紹介した。

「凄い。リベンジャーズが一堂に会している」

仲間の紹介が終わると、アンリが目を丸くしている。たかが、二人のテロリストにこれほどの人数は大袈裟だと思っているのだろう。

「俺たちが追っているのは、けちなISの戦闘員じゃない。俺たちの敵は、おそらくALだろう。束になっても敵わないかもしれない。仲間を招集したのは、そのためだ」

浩志は全員の顔を順番に見て言った。

「AL?」

柊真は首を捻り、アンリは訝しげな目を浩志に向けた。彼らにはALについて説明していなかった。現段階でもまだ推測の域を出ないせいである。

「アメリカン・リバティーという犯罪組織だ。あるいは秘密結社なのかもしれない。実態は分かっていないが、米国の支配階級である権力中枢の裏組織といわれている。元ＣＩＡ諜報員が、メンバーになっているようだ」

「本当ですか？」

アンリが、肩を竦めてみせた。信じていないようだ。フランスの情報部では何も摑んでないらしい。

「信じる信じないは勝手だが、鍵はイスタンブールで取り逃がした第三の男が握っているはずだ。チームを二つに分ける。Ａチームは、俺が指揮を執る。加藤、黒川の三人。Ｂチームは辰也が指揮を執れ。宮坂、田中、京介、それに村瀬と鮫沼の六人だ。Ｂチームは、柊真とアンリとともに追っているＩＳの兵士の確保。Ａチームは俺と別行動をする」

あえてアンリと柊真の前では、ベックマンの名前を出さなかった。ＡＬの存在を信じられないのは、仕方がないことである。浩志もウェインライトから教えられるまでは知らなかった。そのためＡＬとベックマンを結びつけて彼らに話すべきではないと判断したのだ。仲間には事前に教えてあるので、それで充分だった。

浩志にとってベックマンの捜索の方が重要だが、受けた任務は二名のＩＳ兵士の確保だけに仲間の多くを割いた。

「Ａチームは、ひょっとしてイスタンブールで確認された第三の男の捜査をするんですか?」

首を傾げたアンリが確認してきた。

「そういうことだ」

浩志は表情もなく答えた。

「リベンジャーズの仲間が、六人では不安か?」

目を細めた辰也が、アンリに向き直って腕を組んだ。

「とっ、とんでもない」

アンリは首を振ると、笑って見せた。

六

アブ・ナワス通りから1ブロック南のジャミア・ストリート沿いに四つ星のコーラル・ブティックホテルがあった。

浩志らがチェックインしたベビロン・ワーウィック・ホテルから一キロ南に位置する。

影山はホテルの玄関口でタクシーに乗った。老人のメーキャップはバグダッド国際空港の到着ロビーのトイレで落とし、別のパーツを貼り付けて額を高くしてラウル・メルビンという米国人に成りすましている。

「カラダのバグダッド銀行に行ってくれ」

影山は英語訛りのアラビア語で指示をした。発音はともかく、この程度のアラビア語なら話すことはできる。

「分かりました」

運転手は次の三叉路で停止し、左ウインカーを出した。

「まっすぐ行け。死にたいのか」

影山は低い声で言った。目的地は、ジャミア・ストリートを東にまっすぐ進み、四キロ先の交差点を左折し、四百メートルほど先にある。

左に曲がってもバグダッド銀行に行くことはできるが、ティグリス川沿いの道を二キロほど大回りになる。運転手は小遣い稼《かせ》ぎがしたかったのだろう。影山は任務先の地理は裏路地までしっかりと頭に刻んでいるのだ。

タクシーは大きなラウンドアバウトを抜けてカラダ・カリッジ・ロードに入った。カラダ地区は商業地区で、カリッジ・ロード沿いには様々な路面店やデパートなどがある繁華《はんか》街《がい》である。

「停まれ！」

影山はホテルから三キロほどのところでいきなりタクシーを停めさせると、代金を支払って車を降り、路地裏に入ると全力で走った。

午後八時を回っている。表通りは商店街で通行人もいるが、一歩路地に入れば街灯もない暗闇に閉ざされており人影もない。だが、交差点から三十メートルほど先の暗闇に三人の男が立っていた。

「さっさと金を出せ！」

二人のイラク人が背の高い白人の中年男に銃とナイフを向けている。白人は表通りで銃を突きつけられて、路地裏に連れ込まれたのだろう。

影山は二人組の背後から近づくと、銃を持っている手前の男の首筋に手刀を叩きつけ、さらに奥にいた男の右腕を摑むと、捻りながらナイフを奪い、肘打ちを顎に食らわせて昏《こん》倒《とう》させた。最初に殴りつけた男が立ち上がろうとしている。すかさず首の後ろにナイフを突き立てて殺し、銃を奪った。

「警察には言わないほうがいい。面倒になるだけだ」

銃をズボンに差し込んだ影山は、呆然としている白人に忠告した。

「あっ、ありがとう」

我に返った白人は、慌てて表通りに消えた。

影山は倒れている男のポケットから予備弾も奪うと、何事もなかったように表通りに出てタクシーを拾った。別に白人を救いたかったわけではない。手っ取り早く銃が欲しかったのだ。明日の朝、地元の武器商に行くつもりだったが、手間が省《はぶ》けた。

二キロ先の交差点で左折し、バグダッド銀行の前でタクシーを降りた影山は、銀行の前を通り過ぎて次の楕円《だえん》のラウンドアバウトを右折し、一回りして元の通りに戻った。尾行を確認したのだ。さりげなく周囲を見渡した影山は、交差点角にあるイーストパレスホテルに入った。

五階建ての小さなホテルである。非常階段で最上階まで上がった影山は、五〇三号室のドアの鍵を先の尖《とが》ったピッキング道具で解錠して中に侵入した。

「ほお」

影山はミニバーのカウンターの上に置いてあるスコッチウイスキー、ザ・マッカランの十二年もののボトルを見て唸った。ショットグラスが二つ置いてある。影山はグラスにザ・マッカランを注ぐと、ベッド脇の椅子を引き寄せて座った。

一時間が過《す》ぎる。グラスに五杯目のウイスキーを注いでいると、ドアの鍵が開けられて照明が点けられた。

「なっ！」

部屋に入って来た白人が、呆然と立っている。

「久しぶりだな。トニー・チャップマン」

影山の右手には、さきほど強盗から盗んだグロック17Cが握られていた。

「健斗《けんと》・浅尾《あさお》か。どうしてここにいる？　冗談《じょうだん》のつもりか。銃を下ろしてくれ」

チャップマンは、笑いながら手を上げてみせた。

七年前のことだが、影山は公安調査庁の特別調査官として中国で働いていた。二〇一〇年、尖閣《せんかく》諸島中国漁船衝突事件が起きた年である。中国がもっとも反日的だったころだ。影山は中国共産党の幹部である王毅《おうき》をCIAの諜報員と合同で監視していた。

その時、影山は浅尾健斗と名乗っていた。諜報員のトニー・チャップマンも偽名を使っていたが、影山は情報屋のハッカーを使ってCIAの中国支局のサーバーをハッキングして、彼の個人情報を調べている。相手が誰であろうと、身元の分からないやつとは一緒に仕事をしないというのが影山の流儀だからだ。

「待てよ。どうして、俺の本名を知っているんだ？」

チャップマンは、眉間《は》に皺を寄せて凶悪な表情になった。諜報員にとって本名を知られることは、身ぐるみを剝がされるのと同じである。

「ある筋から、交通事故などで死亡したCIAの諜報員のリストを手にいれた。そこにおまえの名前が載っていたのだ。一年前にアラバマ州で自動車の運転中にトラックと衝突して死亡したことになっている。目の前のおまえは、幽霊なのか？」

影山は、友恵がCIAのサーバーをハッキングして作成したリストを浩志から貰っていたのだ。

「私はまだ生きている。どこでリストを手にいれたのかは知らないが、何かの間違いだろう。それより、どうして俺の居場所が分かったんだ」

チャップマンは肩を竦めて薄ら笑いを浮かべた。

「とある情報機関に依頼したのだ。おまえは間抜けだから、居場所を摑むのは簡単だったらしい」

影山は梁羽にチャップマンを調べるように依頼していたのだ。中国の情報部に属する彼にとってALは目の敵《かたき》である。喜んで協力してくれた。

「………」

チャップマンは口を閉ざした。ぐうの音もでないといった感じなのだろう。

「ここで立ち話もなんだ。出かけようか」

影山はグラスをベッド脇のサイドチェストに置くと、立ち上がった。銃をチャップマンに向けたまま、身体検査をする。ジャケットの下には、グロック26、ポケットにはフォード・フィエスタのキーがあった。

「外出はまずい。私は、ホテルから出ることはできないんだ」

チャップマンの顔色が悪くなった。

「それは面白い」

影山はグロックと車のキーを取り上げてチャップマンに銃を突きつけて、部屋を出た。

「決められたスケジュールで動かないと、反逆行為だと思われるんだ。頼むから、ホテルで話をしてくれ。組織の掟《おきて》は厳しいんだ」

チャップマンは両手を合わせて懇願《こんがん》してきた。この男からベックマンの情報を得るのに手段を選ぶつもりはない。壁が薄いホテルで尋問はできないのだ。

ホテルの裏口から駐車場に出ると、影山はチャップマンを後ろ手にして手錠を掛け、フォード・フィエスタのバックドアを開き、背中を蹴ってチャップマンを詰め込み、彼の足首にも手錠をした。間違っても助手席に乗せるようなへまはしない。

「ドライブしようか」

影山は独り言を呟き、エンジンを掛けた。

バグダッド・ナイト

一

イラクの首都バグダッドは、メソポタミア平原のほぼ中央に位置し、市の中心部を蛇行《だこう》しながら流れるティグリス川の両岸に市街地が広がっている。

バグダッドの歴史はティグリス川の西岸にはじまった。だが、東岸より先に衰退《すいたい》したため、歴史建造物は東岸に多く残っている。

ティグリス川東岸、ワセック・ストリート、午後十一時。

浩志は、辰也と加藤と京介の三人を伴い、ワセック・スクエア公園の前でタクシーを降りた。この公園に幾筋もの道路がぶつかって反対側に通じているため、東西に百メートル、南北に百八十メートルの四角いラウンドアバウトという感じである。

夜更《よふ》けのために運転手から倍の料金とチップを請求されたが、足がないため仕方なく乗っている。この時間に走っている車は軍と警察関係ばかりで、一般車両の姿を見かけることはない。

四人はワセック・ストリートを渡り、公園の北側から北東に延びているサアード・ビン・アビ通りに入った。古い建造物の病院や教育機関が多い、落ち着いた街である。

「ここか？」

1ブロック進み、三階建てのビルの脇にある駐車場の前で先頭を歩いていた辰也が立ち止まった。

「間違いありません」

加藤は自信ありげに周囲を見渡した。京介は借りてきた猫のように大人しい。この辺りの地理に疎《うと》いのだ。

目の前のビルはバグダッドの傭兵代理店で、数年前に爆破テロが続く市の中心部から、北東にやや離れたこの場所に引っ越している。

四人はビルの正面玄関ではなく、駐車場にある裏口のドアの前に立った。ドアの上には監視カメラ、右脇にセキュリティボックスがある。

浩志がセキュリティボックスに四桁《けた》の数字を入力すると、ドアロックは外れた。あらかじめ代理店から教えられた数字である。

四人が建物に入ると、すぐ左側のドアが開き、目が落ち窪《くぼ》んだ男が顔を覗かせた。疲れていらしく、目の下に隈《くま》ができている。

「お久しぶりです。ミスター・藤堂、お入りください」

男はマネージャーのアファマト・ファラータで、十数年前からこの代理店を取り仕切っており、オーナーは別にいるが、会ったことはない。

一階は百平米ほどの倉庫兼店舗になっている。出入口のすぐ右手はソファーとテーブルが置かれた応接スペースになっており、部屋の大部分は武器が収められた木箱や段ボール箱で埋め尽《つ》くされていた。

「頼んだ物は？」

浩志はソファーに座って足を組んだ。疲れた顔の男と世間話をするつもりはない。

「もちろん用意してあります。ミスター・池谷から送られたリストの商品は、あの箱の中に入っています」

ファラータは、気怠《けだる》そうに言った。それぞれの傭兵代理店により、営業時間は異なるが、基本的に夜中はむしろ営業している場合が多い。夜遅いので寝不足というわけではないはずだ。爆弾テロに怯え、落ち着いた生活ができないため精神的に疲れているのだろう。

「確認してくれ」

浩志は、辰也に頷いてみせた。武器をホテルに届けてもらうこともできるが、プロなら手に入れる前に動作確認する。

　辰也はテーブルの前に置かれた木箱の蓋を開け、加藤と京介とともに確認をはじめた。彼らは武器の数を調べるだけでなく、一丁ずつ動作確認もする。

「グロック17Cが十一丁と予備の弾丸。それにM4カービンが八丁にスコープ。問題ありません」

　箱の中を調べた辰也は、グロック17Cに弾丸が入ったマガジンを入れると、浩志に手渡してきた。M4カービンはISのアジトを急襲するBチーム用である。スコープはナイトビジョン付きで、ハンドガードにはフォアグリップが取り付けられた実戦仕様だ。

　浩志のAチームは、ベックマンの捜査を行うため、グロックで充分と判断した。また、銃以外の通信機やナイフなどの武器は、持ち込んでいる。

「他にご入用な物は、ありませんか？」

　ファラータは、営業スマイルもなく尋ねてきた。

　この男に会うのは数年ぶりだが、前回会った時よりも表情は暗い。紛争は北西部のISの支配地域を除いて少なくなってきたが、頻発するテロで心は疲弊《ひへい》しているのだろう。イラクでもっとも安全な街は、皮肉なことにイラク人が長年迫害してきたクルド人の支配地域であるる北部のアルビールである。彼らは自分たちの生活を守るため、クルド人の精鋭部隊で街を守っているからだ。

「バンか、ＳＵＶ、三台だ」

　バグダッドでの足はタクシーだけである。そのため、ぼったくりが横行していた。言ってはみたが、三台は期待していない。イラクでは車の絶対量が少ないからだ。

「三台は無理ですが、バンなら二台ご用意できます。用意させますので、少々お時間ください」

　ファラータは予測していたのだろう、即答すると携帯電話でどこかに連絡をした。

　二十分ほど待っていると、浩志は二つの車のキーを渡されて裏口から出た。駐車場には二台のハイエースが停められていた。

　一台目の車の運転席に加藤が座ると、浩志は助手席に乗り込んだ。二台目の運転は京介が受け持ち、助手席には辰也が座る。二台の車を運転するだけなら辰也と二人だけで十分だったが、一人で運転しているところを見られたら、車を奪われる可能性もあるため、四人で来たのだ。バグダッド市内は、夜間も軍や警察が巡回しているが、安心はできない。

「我々は、ベックマンの捜査ということですが、彼の居場所は分かっているのですか？」

　車を発進させると、加藤は口を開いた。Ａチームになった仲間とはまだ打ち合わせをしていない。というのもまだ影山から情報が入っていないからだ。

　それに浩志は仲間に、単独で行動している影山のことを話していなかった。彼は浩志とは事前に顔合わせもしているので問題ないが、たとえ浩志の仲間でも知らない人物と一緒に仕事はしないというのが流儀らしい。彼の臆病ともとれる用心深さを、浩志は彼の職業柄だと尊重していた。しかも徹底しているからこそ、信頼ができるのだ。

浩志のポケットの衛星携帯が振動した。

「俺だ」

――ボニートだ。足は確保したか？

影山からである。ボニートは鰹《かつお》の意味だが、彼のコードネームらしい。

「バンが二台」

――魚が一匹釣れた。これから尋問する。付き合わないか？

魚が釣れたとはベックマンの情報を得るための人物を確保したということなのだろう。

「仲間を一人連れて行く。いいな」

浩志が一人で行動すれば、仲間に隠し事をしていることになるからだ。

――まあ、いいだろう。

不満げな声で返事をした影山は、待ち合わせ場所を言った。

「分かった」

浩志は電話を切ると、ふんと鼻息を漏らした。

二

イラク東部、ティグリス川の東岸にガスプラントがある。

バグダッド郊外を南北に通じるムアスカー・アル・ラッシード・ストリートがガスプラントの東側に通っており、道を挟んで反対側に広大な荒れ地が広がっていた。

元ＣＩＡ課報員だったチャップマンを彼の車であるフォードのフィエスタの荷室に乗せた影山は、ガスプラント前から荒れ地に車を乗り入れた。

影山はバックドアを開き、チャップマンの足首の手錠を外すと、銃を突きつけた。

「降りろ」

下手に近づけば、手錠をしていても襲われる。元ＣＩＡ課報員ならその手の訓練も受けているからだ。

「……こんなところで、話し合いをするのか？」

落ち着かない表情のチャップマンは、肩を落としてみせた。

「こんなところだから、いいんだろう」

影山は左手に持ったハンドライトで足元を照らしながら、グロックの銃口をチャップマンの背中に突きつけて歩かせた。

ホテルで少々暴力的な尋問をして、悲鳴を上げられても困る。それに尋問後に解放すれば、こちらが命を狙われてしまう。情報を聞き出した後は、殺害することを念頭にいれて場所を選んだのだ。諜報の世界は冷酷であり、逆の立場になることを覚悟した者だけが生き残れる。

ムアスカー・アル・ラッシード・ストリートから二十メートルほど入ったところにイラク戦争当時の、有志連合による空爆痕が生々しく残る建物がある。市の中心部と違って、再開発が遅れているために放っておかれているのだろう。空爆で崩壊している建物は、二階建てで一階の壁に開いた穴から中に入ることができた。

この場所は日本の非公開の情報局に勤める知人から最新のイラクの衛星写真を手に入れて調べておいたのだ。知人は、公安調査庁時代の同僚である。

チャップマンは廃墟の手前で立ち止まった。

「さっさと入れ」

影山はチャップマンの背中を押した。

「手荒な真似は、止めてくれ」

壊れたブロックにつまずいたチャップマンは、転びそうになりながらも振り返って声を上げた。強がっているが恐怖を隠しているのだろう。彼らは恐怖を克服《こくふく》する訓練は受けている。だが実際その場面になれば、一般人と大差はない。

「そこの瓦礫の上に座れ」

影山はチャップマンの腹を蹴った。死を悟《さと》った人間に優しさなど必要ないのだ。

「うっ！」

体をくの字に曲げたチャップマンは、崩れた天井の瓦礫の上に腰を落とした。

「俺の質問に答えろ。ベックマンを知っているよな？」

影山は銃口をチャップマンに向けて断定的に尋ねた。尋問のこつは相手に主導権を握らせないことだ。

「……ベックマン」

チャップマンの表情が強張った。図星らしい。

「やはり、ベックマンの居所を知っているようだな。死にたくなかったら、教えろ」

影山はチャップマンの頭に銃口を当てた。

「喋《しゃべ》れば、俺は殺される」

チャップマンは激しく頭を振った。本当に怯えているらしい。

「俺に話したことを黙っていろ。そうすれば助かるだろう」

どのみち、この男が死ぬのは時間の問題だ。死に方の問題だというのなら、教えてやらなければならない。

「早く解放しろ！　居場所はもうばれている。おまえも殺されるぞ！」

チャップマンは大声で叫んだ。尾行を確認しながらここまで来ている。知られるはずはない。

「叫んだら誰か助けてくれるのか?」

冷たい微笑を浮かべた影山は、拳《こぶし》でチャップマンの頬を殴りつけた。〝冷たい狂犬〟と呼ばれたのは、敵性国家の諜報員を容赦《ようしゃ》なく拷問し、殺害してきたからだ。

「うん?」

腰を落とした影山は、ズボンに差し込んでおいた銃を抜いた。建物の外に微《かす》かな足音を聞いたのだ。

銃弾が足元を跳ねる。

影山は転がって瓦礫の陰に隠れると、銃弾がしつこく追ってきた。崩壊した壁の穴は三メートルほどあり、その両端から攻撃されている。影山は床に落ちているハンドライトを銃で撃って破壊し、周囲を暗闇に戻した。

「まずいな」

左肩に手をやった。右手にべっとりと血が付いている。

マズルフラッシュが、二つ見えた。少なくとも敵は二人いるということだ。だが、影山の位置から敵を狙うことは不可能に近い。

銃撃音。

「何！」

浩志は車を停めさせた。

影山に指定された場所で、マズルフラッシュが見えたのだ。

「行くぞ！」

グロックを抜いた浩志は車を飛び出して廃墟に走り寄り、闇に潜む二人の男の頭を撃ち抜いた。建物の中の光が二人の輪郭《りんかく》を闇から僅かに浮かび上がらせていたのだ。だが、直後に銃声とともにライトは消えた。影山が銃でライトを撃ったのだろう。

浩志は駆けて来た加藤にハンドシグナルで、周囲を確認するように指示を出した。

「俺だ。撃つな」

建物の壁際に立った浩志は、あえて日本語で声を掛けた。

「こっちだ」

暗闇から声がしたので、浩志がハンドライトを当てると、影山が立っていた。

「撃たれたのか？」

壁の穴を潜って中に入った浩志は、影山に尋ねた。右手で左肩を押さえているのだ。

「しくじった。……つもりはないがな」

苦笑を浮かべた影山は、片膝を突いて床に転がっている白人の首筋に指を当てた。頭と胸に二発食らっている。間違いなく死んでいるだろう。

「そいつが釣った魚か？」

浩志は白人の死体に冷たい視線を落とした。

「トニー・チャップマン、元ＣＩＡ諜報員だ。昔、中国で一緒に仕事をしたことがある。だが、あんたからもらったＣＩＡの死亡者リストに名前が載っていた。イラクにいたというのなら同じくＣＩＡにいたベックマンと繋がりがあってもおかしくはない、……そう思って捕まえたが、口封じされてしまった。敵は恐ろしく機動力があるらしい」

溜息を漏らした影山は、舌打ちをした。男からは大して情報を得られなかったのだろう。

「おまえが、尾行されたとは思えない」

付き合いは短いが、影山の行動は分かる。彼が言うようにヘマをしたわけじゃないのだろう。

「だとしたら、こいつのせいだ」

浩志は顎で死体を指した。

「チャップマンはホテルを出る際、怯えていた。ＧＰＳで監視されていたのかもしれない」

影山はチャップマンの体を調べはじめた。

五分ほど探し、財布やパスポートまで調べたが、それらしき物はない。

「どいてくれ」

浩志は死体の首筋や肩を探った。

左の肩口にしこりがある。浩志はポケットから折り畳みナイフを出すと、男の腕の付け根のやや上を切り裂き、ナイフの先端で傷口を探った。

「ライトを当ててくれ」

ナイフで抉《えぐ》り出した物を指先で摘んでみる。長さは三センチ、直径八ミリほどのカプセルだ。

「GPS発信機か」

影山は浩志の手元をライトで照らし、頷いてみせた。

GPSで位置特定ができる極小のICチップが内蔵されているカプセルに違いない。数年前に浩志も体内に埋め込まれた経験がある。今なら性能もよくなっているはずだ。

「そういうことだ」

浩志は鼻先で笑った。

三

ティグリス川西岸にあるドラ工業地帯、午前二時。

工業地帯の中心に、周りの風景と馴染《なじ》まない一戸建て住宅が建ち並ぶエリアがあった。石油プラントや化学薬品工場の関係者の古い住宅街である。バグダッドの中心街とはティグリス川で仕切られており、街に出るには不便なところだ。

このエリアの住宅街は、北から南に5ブロックに分かれており、1ブロックあたり十から十六軒の家がある。工業地帯は復興しつつあるが、この住宅街が埋まるほど住人はいない。そのため幹線から遠い北から3ブロックは、人が住み着いていないようだ。

辰也が指揮を執るチームの二台のバンが、トゥー・ストーリーズ橋を渡ってティグリス川を越え、二キロ先の交差点でマサフィ・ストリートを左折してドラ工業地帯に入った。

「二本目の交差点の手前で停めるんだ」

先頭の車両の助手席に座る辰也は、スマートフォンの地図サイトを見ながらハンドルを握る田中に指示を出した。後部座席には京介と鮫沼が乗っている。また二台目の運転席には村瀬、助手席は宮坂、後部座席には柊真とアンリが乗り込んでいた。辰也はチームを二つに分けているのだ。

全員グロックとM4カービンで武装している。

二台のバンはマサフィ・ストリートの北側の端に停められた。

八人の男たちは闇に紛《まぎ》れて通りを渡り、交差点から三番目の家の前にある生垣《いけがき》の陰に隠れた。目の前の家はイラクに潜伏しているISの中でも、幹部クラスのアジトになっているとフランスの対外治安総局（DGSE）から情報を得ており、その中にイスタンブールで取り逃がした二人のIS兵士も含まれている。少々不便な場所だが、住民がいないことに目をつけて空き家が多い住宅街に勝手に住み着いているようだ。

辰也はハンドシグナルで宮坂のチームを家の裏側に向かわせ、田中と京介と鮫沼の三人とともに正面玄関に回った。

田中がピッキング道具を出して玄関のロックを解除し、ドアを開けた。京介と鮫沼が突入する。しんがりに就いた辰也が続いた。

まっすぐ延びる廊下に、頼りないフットランプが点《つ》いている。ドアが左右にいくつかあり、奥に階段があった。外観は近隣の一戸建てと同じだが、中はアパートのような作りに改装されたらしい。

奥の部屋のドアが開き、銃口が覗いた。

京介と鮫沼がドア越しに銃撃する。その間、辰也と田中は、手前の部屋に誰もいないことを確認した。部屋は十二畳ほどの広さがあり、ベッドが一つ、テーブルと椅子もあったが、他には何も付いていない。トイレとシャワーなどは共同なのだろう。

裏口から入って来た宮坂のチームが、階段を上って行く。

辰也と田中が廊下に出ると、今度は京介と鮫沼が、別の部屋に突入した。二組が交互に突入と廊下の見張りをして進むのだ。

一階は奥の部屋から銃撃してきた男が一人だけだった。

二階から銃撃音が響いてきた。

「行くぞ」

辰也は先頭切って階段を上って行く。

「逃げたぞ」

宮坂の声に続き、銃撃音。

辰也のチームも二階に上がった。

二階の照明は消えている。

辰也はポケットから二本のケミカルライトを出すと、二つに折って点灯させ、廊下に投げた。

壁際に村瀬が倒れている。

「鮫沼、村瀬を頼む」

辰也は銃を構え、廊下の奥へと進んだ。

宮坂が、廊下の突き当たりの窓から外に向かって発砲している。窓ガラスが破られていた。ＩＳの兵士が窓ガラスを突き破って逃走したのだろう。

「くそっ！」

舌打ちをした宮坂が、銃撃を止めた。逃げられたようだ。

「柊真とアンリはどうした？」

辰也も窓際から外を覗いて尋ねた。彼らの姿が見えない。

「二人とも飛び降りて追っている」

険しい表情をした宮坂が答えた。

辰也らＢチームが襲撃をはじめたころ、住宅街と道の反対側にある巨大な倉庫の陰にフォードのフィエスタが停められた。

ハンドルを握るのは加藤、助手席には浩志、後部座席に黒川が乗っている。影山が元ＣＩＡ諜報員だったチャップマンから盗んだ車だ。

浩志はバグダッド入りしたら、チームを二つに分けて影山と合流するつもりだった。その際、ベックマンの捜査に使う車は影山が調達することになっていたのだ。車を盗むとは思わなかったが、紛争地だけに問題ないと浩志は思っている。

影山はチャップマンの尋問中に襲われて肩を負傷したため、ホテルで休んでいた。掠り傷程度で大したことはないと本人も言っている。だが、彼は諜報員であるため、軍事行動には参加しないときっぱりと言い切った。

銃の扱いには慣れていても、軍事訓練の経験がない者はチームの足を引っ張るだけだ。それを彼はわきまえており、一緒に行動しないのは臆病からではない。バグダッドに一人で来るのだから、相当な強者であることに間違いないからだ。

「銃撃が終わりました」

加藤がぼそりと言った。浩志も見ているので、無意識のうちに報告しているのだろう。

ＩＳのアジトから二十メートル近く離れた倉庫の前の空き地に、塗装の剝げたシトロエンのＨバンが停められている。近くの住宅で唯一住民が住んでいるのは、ＩＳのアジトだけだ。シトロエンは間違いなく彼らの自動車なのだろう。ＩＳの兵士が逃走した場合に備え、浩志らは車の下に位置発信機を取り付けて見張っているのだ。

「来たぞ」

浩志は黒川を伴い車から降りて、空き地のすぐ傍まで近寄った。アジトの方角から四人の男が走ってきたのだ。彼らの後方から柊真とアンリが追いかけて来る。

男たちはシトロエンに乗り込んだ。

追いついた柊真が車の前に回り込んでＭ４カービンを構えると、車のタイヤを撃ち抜いた。

「動くな！」

柊真はアラビア語で命じ、運転席に銃口を向けると、運転席と助手席に乗っている男たちがハンドガンを捨てて両手を上げた。

遅れて駆け寄ってきたアンリが、車の側面に立ってM４カービンを腰だめに構える。

「撃つな！」

浩志は倉庫の陰から出て、大声で叫んだ。

アンリは狂ったように銃撃した。

四

浩志は空き地に停められたシトロエンのHバンを、憮然とした表情で見つめていた。

無数に開いた銃痕が残る車体に加え、タイヤはパンクして空き地に埋もれている。まるでイラク戦争当時から佇《たたず》んでいるようだ。

仲間が車から死体を運び出し、空き地に並べている。

「こいつが、ヤセル・テミヤトで、こっちが、ファハド・アル・シェフリーですね。あとの三人は分かりません」

辰也は、死体の顔にライトを当てて溜息をついた。彼が確認した二つの死体は、いずれもイスタンブールで取り逃がしたISの兵士である。

「いずれにせよ、ベックマンはいませんでしたね」

宮坂が身元を調べるべく、死体を探っている。だが、彼らが持っていたのは、少しばかりのイラク紙幣《しへい》だけで運転免許証どころかパスポートすら持っていなかった。

「宮坂、死体の肩口に異物がないか調べてくれ」

浩志はテミヤトのシャツを破って上半身を調べた。だが、チャップマンの体から検出されたようなGPS発信機はなかった。

「異常はありません」

他の死体を調べた宮坂は、左右に振った首を傾げた。浩志の言った異物の意味が分からなかったのだろう。

「どうした?」

浩志は険しい表情で作業を見つめている柊真に尋ねた。

「私は、テロリストらを生け捕りにするため、車が使用できないようにタイヤを撃ち抜いたのです」

柊真は死体の顔写真を自分のスマートフォンで撮りながら、不満げに言った。

暗にアンリのことを批判しているのだろう。アンリがISの兵士を射殺したために柊真の行為は無駄になったことは確かである。アンリは、田中と京介らとともにISのアジトを調べている。浩志は彼を遠ざけるためにあえてアジトに行かせたのだ。

「やつは感情的だったのかもしれない。だが、〝GCP〟の大尉というには稚拙《ちせつ》な行為だったな」

浩志はアジトをちらりと見て、苦笑を浮かべた。フランスからの依頼は、テミヤトとアル・シェフリーの二人を、生死を問わずに逮捕するというものであった。そういう意味では、アンリの行動に問題があったわけではない。だが、浩志の本当の目的は、ベックマンを捕まえることである。死んだ二人のＩＳの兵士など、尋問さえできればどうでもよかった。

「アンリって野郎、馬鹿ですか」

辰也が穴だらけの死体をしげしげと見て言った。アンリがむやみに銃を連射したと思っているのだろう。

Ｍ４カービンに弾丸が三十発入りのマガジンを使用していた。発射速度は毎分七百から九百発のスピードがあるため、連射すればすべての弾丸を撃ち尽くすまで数秒である。一瞬のことだが、テロリストの四人はいずれも頭と胸を撃たれていた。即死だったのだろう。だが、冷静でなければできない芸当だ。感情に任せてトリガーを引いただけではここまで正確には狙えない。

「まあな」

浩志は小さく頷いた。

「ヤセル・テミヤトとファハド・アル・シェフリーの二人の顔写真と指紋を司令部に送ります。明日の午前中に照合されるでしょう」

柊真は五人の死体の顔写真だけでなく、指紋も撮っている。国家憲兵隊の鑑識課に送るらしい。生死を問わずに逮捕というのは、本人の確認さえできればいいからだ。現在時刻は午前二時四十分、フランスは午前一時四十分である。今からデータを送ったところで、結果がでるのは、昼近くになるだろう。

「これで任務は終了します。撤収ですか?」

難しい表情の柊真は、浩志の正面に立った。

「俺はベックマンを見つけるつもりだ。リベンジャーズを撤収させるつもりはない」

アンディーが殺害され、仲間だけでなくワットの妻まで負傷している。襲撃してきた犯人を見つけるまで、リベンジャーズの任務は終わっていないのだ。

今回の作戦で村瀬が左太腿に銃弾を受けて負傷したが、二、三日安静にしていれば動けるようになる。だが、復帰は不可能なので一人で帰国するように命じてあった。

他の者は掠り傷ひとつ負っていないので、チームは問題なく動ける状態である。

「私もベックマンの捜査に参加させてもらえませんか?」

柊真は思いつめた表情で言った。

「おまえは、自分が何を言っているのか、分かっているのか？」

浩志は冷たい表情で尋ねた。

柊真とアンリは、リベンジャーズの監視役とも言えるが、失敗したトルコでの任務の責任を果たすのが彼らの使命である。任務完了とともに基地に戻り、上官に報告しなければならないのだ。それを怠ることは、軍人である以上許されない。上申して許可が下りる可能性は低く、脱走と判断される恐れもあった。いずれにせよ厳しい処罰の対象となる。

「充分理解しています。軍規に違反し、処罰されることは覚悟の上です」

柊真は浩志の前で踵を揃えて姿勢を正した。

「外人部隊に未練はないというのか？」

浩志は柊真をじっと見据えた。数え切れないほどの紛争地で修羅場を経験し、無数の屍《しかばね》を乗り越えてきた。その瞳の闇は、どこまでも深い。

「ありません。私はイスタンブールの任務で、軍に疑問を抱くようになりました。藤堂さんのような闘いを、私にもさせてください」

柊真は瞬《まばた》きもせずに浩志を見返してきた。彼は外人部隊あるいはフランス自体に疑問を抱いているようだ。部隊に忠誠を誓うことができなければ、闘うことはできない。

「覚悟はできているようだな」

腕組みをした浩志は、大きく頷いた。

五

バグダッド、マンスール、午前四時二十分。

マンスールストリートと交わるロワド通り沿いに、一階に〝アッバース・アダナン〟というレストランがある五階建ての雑居ビルがある。

五階は6ＬＤＫの豪華なペントハウスになっており、十八畳ある主寝室の天蓋《てんがい》付きベッドに裸の男と女が眠っていた。

ベッドサイド脇のキャビネットの上に置かれた衛星携帯が、電子音を奏《かな》でる。びくりと頭を動かした男は、衛星携帯に手を伸ばした。ベックマンである。

——ロックベース42です。

「どうした？　こんな時間に」

ベックマンは欠伸《あくび》をしながら、電話に出た。

ＩＳの勢力が弱まり、復興が進むイラクでは石油の増産とともに、石油関連の資本家や一部の政治家、それに彼らと富を分かち合う富豪が大儲けしている。一方で長引く紛争で経済の基盤を失った市民は困窮《こんきゅう》を極め、バグダッドでは路上で物乞《ものご》いや売春を余儀なくされる女性が増えていた。

ペントハウスはベックマンのイラクにおける住居で、隣りに眠る女は情婦である。この男は、イラクの間違った富の配分の恩恵《おんけい》に与《あずか》っているらしい。

「分かった。すぐに行く。待っていろ」

ベックマンは起き上がると、服を着て部屋を出た。エレベーターはあるが、散発的に停電するため使うことはない。

階段で一階まで降りたベックマンは、レストランの裏口を開けた。

キャップ帽を目深《まぶか》に被ったマーカスという背の高い白人が立っていた。ベックマンの部下で、マンスール通りの近くにあるアジトで働いている男だ。コードネームはロックベース42らしい。

「入れ」

ベックマンは男を店に入れると、裏口の鍵を閉めた。

「すみません。こんな夜更けに」

マーカスは上目遣いで謝った。

「夜更けじゃない。もうすぐ朝だ。電話では話せないようなことか」

しかめっ面をしたベックマンはカウンターに入り、業務用冷蔵庫からオレンジジュースを出すと、紙コップに注いだ。

「ブルータスからの緊急連絡が入りました。リベンジャーズが餌《えさ》に食いつきました」

マーカスはベックマンの前に立って報告した。

「テミヤトとシェフリーは?」

紙コップを手にしたベックマンは、店の中央にあるテーブル席の椅子に座った。

「他の三名とともに死亡しました」

「それが狙いだ。あの二人は、イスタンブールで私を危険にさらした。本来なら処刑されるところを、今日まで生かして囮《おとり》に使ってやったんだ。これで、DGSEも私のことは忘れるだろう。めでたし、めでたしというわけだな」

ベックマンは紙コップのジュースを美味《うま》そうに飲んだ。

「それが、……問題が発生しそうなのです」

マーカスは口ごもった。身長は一九〇センチ近くあり、胸板も厚い。かなり鍛えているようだが、ベックマンの前で項垂《うなだ》れている。

「問題だと?」

ベックマンは首を傾げながらマーカスを睨みつけた。

「テミヤトとシェフリーが死亡したので、リベンジャーズはフランスからの要望に応えたことになったはずです。ですが、彼らは、このままバグダッドに居座るつもりらしいのです」

マーカスはベックマンの視線を外して答えた。

「あの二人が死ねば、彼らの任務は終わったはずだ。どういうことだ？」

ベックマンは右頰を痙攣させ、紙コップを握りつぶした。

「リベンジャーズの狙いは、あなたのようです」

「何？　……私だと？」

ベックマンは人差し指で自分の胸を突き、首を振った。

「藤堂が、あなたのことを執拗《しつよう》に追跡するように仲間に命じたようです」

「何が、それほどやつを駆り立てているのだ？」

浩志とベックマンはこれまで関わりがないので、不思議に思っているのだろう。

「あなたの情報が、漏れた可能性があります。実は、イラク在住のエージェントから報告があり、昨夜、チャップマンが予定外の行動を取りました。そのため、二人のエージェントがチャップマンを追跡したのですが、三人とも殺害されていたようです」

「馬鹿な。どうして今ごろ、そんな報告をするのだ。チャップマンの予定外の行動が、観測されたのはいつなんだ？」

「昨日の午後九時ごろですが、チャップマンと二人のエージェントのGPS信号が途絶えてしまったのです。それで、信号が消えた場所を中心に捜索したところ、三人の死体を発見したようです。しかも彼らの体内にインプラントされていたGPSカプセルが摘出され、破壊されていました」

「三人を殺した犯人は、ＧＰＳカプセルのことを知っているのか。それが、藤堂だとすれば、侮れないやつだな」

ベックマンは溜息を漏らして天井を仰いだ。

「どうしましょうか？」

マーカスは神妙な表情で身を乗り出した。

「とりあえず、事務所を引き払って様子を見る。嵐が通り過ぎるのを待つのだ」

うんざりだとばかりにベックマンは立ち上がって、出口に向かった。

「それでも、彼らが、バグダッドに居座った場合は？」

背中越しにマーカスは尋ねた。

「ここはイラクだぞ。爆弾テロがいつ起きてもおかしくない」

鼻先で笑ったベックマンは店から出て行った。

六

バグダッド、ベビロン・ワーウィック・ホテル、午前五時。

自室を出た柊真は、アンリが宿泊している隣りの部屋のドアを遠慮がちにノックした。

ノックの音に反応したらしく、室内で人が動く気配がする。

柊真は幼きころから疋田新陰流の達人である祖父の明石妙仁に見出され、古武道の鍛錬を続けてきただけに、わずかな空気の乱れも感じることができるのだ。それゆえ外人部隊でも入隊直後から頭角を表すことができた。格闘技の訓練では、教官すら柊真に敵う者はいなかったために、すぐに助手という形で教える立場になったほどだ。

「ティグル2です」

再度ドアを叩いた柊真は、コードネームをフランス語で言った。アンリとはいつもフランス語で話しているが、緊急だと伝えたかったのだ。

「どうした?」

ドアが開き、アンリが不機嫌そうな顔を覗かせた。テロリストのアジトを襲撃し、死体を埋めるなど現場の処理を済ませてホテルに帰ってきたのは一時間ほど前である。寝入り端《ばな》を起こしてしまったに違いない。

「入っていいですか?」

いささか緊張した様子の柊真は、廊下の周囲を見渡してから尋ねた。ホテルに戻ってからシャワーは浴びているが、一睡もしていない。

「入れ」

アンリは柊真を部屋に入れると、廊下の左右を確かめてからドアを閉めた。

「すみません。お休み中」

柊真の顔色は悪く、何か思いつめた表情をしている。

「眠っていないのか？」

アンリは怪訝《けげん》そうな目付きで柊真を見た。

「というか、眠れなかったのです。実は、私はムッシュ・藤堂と一緒に行動をしていたのですが、彼が衛星携帯でプラティニ中佐と電話をしているのを聞いてしまったのです」

柊真は声を潜めて言った。

「聞かせてくれ」

アンリはベッド脇にある椅子を引いて座ると、小さな丸テーブルを挟んで対面の椅子を柊真に勧めた。

「今回の襲撃で、四名もの敵が逃げたのは、内通者がいたせいだと、ムッシュ・藤堂は報告していました」

椅子に腰掛けた柊真は苦々しい表情で言うと、首を左右に振った。

「馬鹿な！　それはリベンジャーズの攻撃が稚拙《ちせつ》だったからだ。その尻拭《しりぬぐ》いをしたのは、我々じゃないか。窓から飛び降りてテロリストを射殺したのは、私だぞ。放っておけば、逃げられた。おまえも知っているだろう」

アンリは顔を真っ赤にし、眉間に皺を寄せた。

「ムッシュ・藤堂は、テロリストを射殺したので、かえって我々を疑っています」

柊真は声を荒らげた。

「あの男にムッシュを付けるな！　ＩＳの兵士は殺しても構わないという命令だったんだぞ。どこが問題なのだ」

興奮したアンリは、立ち上がって丸テーブルを倒した。

「落ち着いてください、大尉。ムッシュ、いや、藤堂は、ＩＳの兵士に尋問をするつもりだったのです。だから、殺害した行為を疑っているのです。彼はリベンジャーズを二チームに分けましたが、藤堂のチームは、物陰に隠れて我々を監視していたんですよ」

「我々を騙《だま》し、あの男は、我々をはじめから疑っていたのか」

アンリは眉を吊り上げた。これまで見せたこともない凶悪な表情である。

「藤堂は、フランス政府からの依頼とは別のＩＳの関係者を追っています。彼が言っていた第三の男です。おそらく藤堂は、あの男と我々が内通していると疑っているんですよ。第三の男は、藤堂が言っていたＡＬという組織の関係者かもしれませんね。帰国すると、我々は査問委員会にかけられるかもしれませんよ」

柊真は声を落として言った。

「何てことだ！」

アンリは鋭い舌打ちをした。

ドアがノックされる。

柊真とアンリはぎょっとした表情になった。アンリは人差し指を唇に当て、枕の下からサバイバルナイフを取り出した。襲撃に使ったグロックとM4カービンは、浩志の命令で傭兵代理店に返却するために回収されている。

「クリストフ・アンリ大尉、ドアを開けてくれないか。私は国家憲兵隊のマルセル・ヴィルトールという者だ。たまたまイラク在住でね。朝早くからすまないが、君と少し話がしたい」

柊真がドアスコープを覗くと、サファリジャケットを着た青い目の男がフランス語で話しかけている。

「非常識だろう。まだ夜明け前だ。出直してくれ」

アンリはわざと気怠そうに答えた。

「隣りの部屋の准尉を訪ねたら、不在だった。そこにいるんじゃないのか？　実は私は君たちと一緒に本国に帰るように命じられているんだ」

男は抑揚のない声で言う。感情のない冷淡な口調である。

「君は、任務を終えた我々の護衛をするとでもいうのか。准尉はここにはいない。ジョギングにでも出かけたんじゃないのか？」

アンリはハンドシグナルで、柊真にドアの後ろに隠れて男を襲うように命じた。頷いた柊真は、ドアが開く逆側の壁際に立つ。

「まあいい。彼も命令に従ってもらう。とにかくドアを開けてくれ。ドア越しに話すのもおかしいだろう」

「分かった。今ドアを開ける」

ナイフを持った右手を背中に回したアンリが、左手で鍵を開ける。

「後ろに下がれ！」

銃を構えたヴィルトールという男がいきなりドアを蹴って入ってきた。

柊真が背後から羽交い締めにした。アンリがナイフを男の心臓目掛けて突き入れようとする。

ヴィルトールが体を回転させながらアンリのナイフを蹴り上げると同時に柊真から離れ、アンリと交差する形で部屋の中に進んだ。

ヴィルトールの左右のパンチを柊真は避けて、中段の突きを入れると右腕を取られた。技をかけられまいと柊真は、壁を蹴ってバク転してヴィルトールの腕を振りほどいた。すかさず蹴りを入れると、ヴィルトールが左腕でガードした。だが、強烈な蹴りに体勢を崩したヴィルトールは、ベッドの反対側まで転げる。

柊真はベッドを回り込んで、拳を上げた。

銃声！

「くっ！」

胸を押さえた指の間から血を流しながら柊真は倒れた。ベッドの向こうに落ちたヴィルトールが、膝立ちで銃を撃ったのだ。

「なっ！」

両眼を見開いたアンリが、一目散に部屋から姿を消した。

一拍遅れてヴィルトールが、廊下に飛び出して銃を構える。

「まったく手加減という言葉を知らないのか」

銃を仕舞ったヴィルトールが、左肩を押さえながら部屋に戻った。

「すみません。怪我でもされているのですか」

床に倒れていた柊真が、苦笑を浮かべて立ち上がり、頭を掻いた。左胸にはべっとりと血が付いている。

「怪我よりも、おまえのキックだ。俺じゃなかったら、まともに食らっていたぞ」

ヴィルトールと名乗ったのは、影山だった。彼はもともと米国人に変装するため、額を高くし、髪を明るいブラウンに染めて目にはカラーコンタクトを入れている。アジア系の血が混じった白人に見えるのだ。

「すみません。藤堂さんからは、あなたは武術の達人だから手加減するなと言われていたのです。それにしてもこの血糊《ちのり》はリアリティーがありますね」

柊真は血だらけに見える右手を見て笑った。影山が空砲を撃った瞬間、柊真はポケットに隠していた血糊の袋を胸に付けて握り潰したのだ。

「今時、通販で簡単に買える」

影山は鼻先で笑うと、冷蔵庫を覗き、ミネラルウォーターのペットボトルを取り出すと勝手に飲み始めた。

ドアがノックされる。

柊真が開けると、浩志が入ってきた。

事前に柊真と影山を自室に呼び寄せた浩志は、アンリを陥れるための芝居を二人にするように打ち合わせしていたのだ。逃亡したアンリは、加藤と黒川が追っている。

「うまくいったようだな」

二人を交互に見た浩志は、ふんと鼻息を漏らした。

裏切り者

一

午前九時五十分、ベビロン・ワーウィック・ホテル、デラックスツイン。

リビングスペースで、柊真は衛星携帯を掛けている。

「了解しました。失礼します」

丁寧な言葉で柊真は電話を切った。

「どうだった？」

ソファーに腰を掛けている浩志は、現地の新聞〝イラク・トゥデイ〟を読みながら尋ねた。新聞はホテルで用意してくれたものだ。

「アジトの死体は、テミヤトとシェフリーだと確認されました」

柊真は〝ＧＣＰ〟の小隊長であるベルナール・アビダルと電話をしていた。死体が本人だということは分かっていたが、国家憲兵隊の鑑識課で指紋が照合されたことで任務終了を確認したのだ。

「それで？」

浩志は新聞紙面から目を離さずに柊真を促した。

「大尉が脱走したことも報告しました。かなり、驚いていました」

「あの件はどうした？」

苦笑した浩志は、視線を柊真に移した。彼が大尉のことを報告したことは、傍にいたので言われなくても分かっている。

「実はホテルに戻った直後、アビダル少佐にリベンジャーズと行動を共にすることと合わせて除隊を願い出ました。すると、リベンジャーズと任務を続行せよと言われましたが、除隊は却下されました」

柊真は肩を落とし、溜息を漏らした。

「当然だろう」

彼はショックを受けているようだが、浩志は予想していたことである。優秀な部下からの除隊を電話一本で決められるものではない。柊真がリベンジャーズと行動することを許したのも、彼が帰還を拒《こば》んで脱走兵になることをアビダルが危惧したからだろう。

「とりあえず、藤堂さんと働く許可を得ました。リベンジャーズへの参加を正式に許可してもらえますか?」

柊真は踵を揃えて姿勢をただした。

「許可はするが、その軍人まるだしの態度は止めろ。見ているだけで肩が凝《こ》る」

少なくともリベンジャーズの仲間は、軍人というより自由人なのだ。厳格な軍規の中で生きているわけではない。

「すっ、すみません。仲間同士では、こんなんじゃないんですが、藤堂さんの前ではつい緊張しちゃいます」

柊真は、頭を掻いて見せた。

ドアがノックされた。午前十時を過ぎている。

柊真がドアを開けると、影山が入ってきた。他人のことは言えないが、相変わらず表情もなく怒っているようにも見える。

「先ほどは、失礼しました」

柊真はフランス語を使った。影山が本当にフランス人だと思っているのだろう。確かに見た目は日本人には、見えない。

アンリを陥れる作戦の打ち合わせは、浩志と柊真と影山の三人だけで行った。その際、柊真には影山のことをマルセル・ヴィルトールという名のDGSEの諜報員だと紹介している。影山が柊真のことを理解できるまで、絶対素性《すじよう》を教えないで欲しいと約束までさせられていた。たとえ浩志が信頼できる人物でも、自分で確認するまではだめらしい。

「君の本名は明石というらしいが、ひょっとして明石妙仁さんの親族か？」

影山は幾分目を細めて尋ねた。

「妙仁は、私の祖父です。ご存知なのですか？」

柊真は首を傾げながら答えた。

「君と手合わせをして、古武道を使いこなすことが分かった。明石家は古武道の世界では、名門であり有名だ。私も一度だけだが、妙仁先生に稽古《けいこ》を付けてもらったことがある。私の名は、影山夏樹だ」

影山は日本語で名乗った。柊真が信頼できる人物と認めたらしい。浩志の思惑通り彼は武道家らしく、闘うことで相手を理解したようだ。浩志が柊真にアンリを陥れる作戦で、影山に手加減するなと言ったのは、二人が武道家だからである。

「にっ、日本人なのですか？」

柊真は両眼を見開いて声を上げた。

「生粋《きっすい》の日本人だ。特殊メイクをしている。素顔を見せるのは、次の機会にしておこう」

「しかも祖父を知っているのですか。驚きました。それに影山さんという名前なんですか」

柊真が珍しく笑っている。

「そういえば、おまえのレジオネール名は、影山明《あきら》だったな。親子か」

冗談を言った浩志は、二人を交互に見て苦笑した。外人部隊には伝統的にアノニマ（偽名制度）があり、入隊時に国籍に合わせた名前を部隊から与えられる。

「止めてくれ。ただの偶然だ。そもそも俺は、こんなでかい息子がいるような歳じゃない。それよりも、今後の捜査をどうするかだ。未だにベックマンは見つけていないんだぞ」

影山が元の不機嫌な顔に戻った。無愛想《ぶあいそ》な顔がデフォルトらしい。隠蓑《かくれみの》ではあるが、彼は中村橋でカフェのオーナーをしている。客商売がよく務まるものだ。

テーブルの上に置いてある浩志の衛星携帯が、振動している。

「俺だ」

——トレーサーマンです。ターゲットが建物に入りました。

アンリの追跡をしている加藤からの連絡だ。彼は黒川と行動しているが、他の仲間もサポートすべく、バンに分乗して二人の近くで待機している。

「待機せよ。俺も現場に行く」

電話を切った浩志は、柊真と影山を見た。柊真は立ち上がり、影山は出入口のドアに足を向けた。彼は所詮《しょせん》一匹狼なのだろう。

「俺の車を使え」

振り返った影山が、フィエスタのキーを投げた。

二

バグダッド西部マンスール地区、午前十時十五分。

ロワド通りとの交差点近くのマンスール通り沿いにあるハンバーガーショップ。

アンリは店の奥の席に、壁に向かって座っていた。

藤堂に疑いを掛けられているだけならシラを切る自信があったが、ヴィルトールと名乗る国家憲兵隊の捜査官が直接乗り込んできたため逃げ出したのだ。

アンリは陸軍で中尉になった三年前に外人部隊の〝GCP〟に転属となり大尉となった。彼がALのエージェントになったのは転属直前である。転属を聞きつけたALから勧誘されたのだ。闇賭博《とばく》で金に困っていたアンリは、多額の謝礼を寄越すALに飛びついたが、部隊の情報を漏らしていることが発覚しないように人一倍努力してきた。

それだけにアンリは部隊での信頼も厚く、二ヶ月後に陸軍の特殊部隊への転属という話が出ており、昇格試験を受けるように言われていたのだ。だが、〝GCP〟にALのエージェントがいなくなってしまう。そこで、新参者であるミゲル・サンチェスがチームに配属になったのだ。よもや、後釜を予定していたミゲルのミスで、破滅に追いやられるとは思ってもいなかった。

ベビロン・ワーウィック・ホテルを脱出した彼は徒歩で移動し、リベンジャーズの追手をかわすべく、途中のアル・ザワラ・パークでしばらく身を隠している。そのため、ホテルからは七キロほどの距離を数時間かけてここまで来ていたのだ。

バグダッドにはＡＬのエージェントの事務所があり、ベックマンはそこの責任者となって赴任《ふにん》していた。場所はハンバーガーショップの裏手にあるビルの二階だとアンリは聞いていたが、実際行ってみると、もぬけの殻だった。

アンリはリベンジャーズとともにベックマンが用意したアジトを襲撃し、囮とされたＩＳの兵士を殺害することが命じられていたのだ。だが、命令通り任務をこなしたのに、追われる身になっている。藤堂が彼の行為を怪しんだからだ。アンリはベックマンの助けが必要だった。

だが、用心深いベックマンはアンリが接触してくることを予測し、ＡＬの事務所を閉鎖したのだろう。

「どうしたらいいんだ」

アンリは両手で頭を抱えた。

「そうだ」

衛星携帯を取り出したアンリは、周囲を窺い人目を避けるようにトイレに入って電話を掛けた。

——ハロー？

低い男の声が衛星携帯から響く。

「モスル３８１６」

アンリは合言葉を言った。イラクの地名とあらかじめ決められていた数字を組み合わせたパスワードである。

——コードを教えてくれ。

男はすぐに応対してきた。だが、その声はよそよそしく冷たい。

「ブルータス　ナンバー６３９２８４」

アンリは自分のコードネームと六桁のＩＤナンバーを言った。むろんＡＬの身分としてのコードである。

——久しぶりだな。ロックベース36だ。どうした？

口調を変えた男は、気さくに話しかけてきた。

「君がバグダッドに赴任すると随分前に聞いたことを思い出したんだ。ベンガルタイガーの下で働いているんだろう？」

——ああ、むかつくおっさんだよ。本当に。

電話からロックベース36と名乗った男の溜息が漏れてきた。ベンガルタイガーとは、べックマンのコードネームらしい。

「緊急事態なんだ。助けてくれ。事務所に行ったが、閉鎖されていたんだ」

アンリは声を潜め、右手を握りしめた。

――バグダッドにいるのか？

ロックベース36の声が硬くなった。アンリがバグダッド入りしていたことを知らなかったらしい。

「国家憲兵隊に追われている。君たちと合流させてくれ」

アンリはあえてリベンジャーズのことは話さなかった。話せば事態を悪化させると思っているのだろう。

――おいおい、トラブルを持ち込むなよ。自力でなんとかならないのか？

「私は、ベンガルタイガーに関する情報を持っている。彼が狙われているのだ。私を安全に回収してくれたら、情報を渡す」

――……分かった。こちらから連絡する。

マンスール通り沿いにあるレストランの前に、フォード・フィエスタが停まっている。

助手席には浩志が、運転席には柊真が座っていた。

――通りの裏側にあるビルから戻って来たアンリは、ハンバーガーショップに二十分前からいます。

加藤からの無線連絡である。アンリの周囲にはリベンジャーズのメンバーが配置されており、無線機で連絡しあっていた。全員いつも使っている小型のブルートゥースレシーバーを使用している。

「動きがないということは、誰かと待ち合わせをしているのでしょうか？」

柊真は道を挟んで反対側のハンバーガーショップを見つめていた。

「おそらく、ハンバーガーショップの近くにＡＬのアジトがあったんだろう。だが、閉鎖されていたに違いない。今、アンリは途方にくれているのか、連絡を待っているのかのどちらかだろう」

浩志はハンバーガーショップをちらりと見た。店はガラス張りになっているが、奥の席に座っているアンリの姿は確認できない。加藤と黒川は出入口の近くに停めた車から監視しているので、彼らからは目視できているのだ。

「このまま泳がせるんですね？」

柊真はハンバーガーショップを見つめたまま言った。

「見張りは、加藤と黒川に任せておけ。じっと見つめていては、怪しまれるぞ」

鼻で笑った浩志は、新聞を広げた。

――こちらトレーサーマン。リベンジャー、応答願います。

「どうした？」

浩志は新聞を広げたまま無線に応答した。

――ターゲットの向かいの席に黒人が、座りました。

「会話は聞き取れるか？」

――大丈夫です。

加藤と黒川は、五十メートル先の音も聞き取れる指向性マイクを使っていた。

――黒人は、ベンガルタイガーに会わせると言っています。

「ベンガルタイガー？」

コードネームらしいが、ベックマンと特定することはできない。だが、その可能性は極めて高いと言えよう。

――二人が移動します。

「追ってくれ」

浩志が命じると、加藤が車から降りて店から出たアンリと黒人の後を追った。

三

ハンバーガーショップを出たアンリと黒人は通りに出て通行人に紛れるように歩き始め

た。

　黒人はベックマンの部下であるトニー・ガディスであった。彼がアンリと電話連絡したロックベース36なのだろう。

「新しいアジトは、遠いのか?」

　アンリはサングラスを掛け、おろおろとした様子で歩いている。

「車で行けばすぐだ」

　ガディスはマンスール通りを東の方角に歩き、次の角で右に曲がった。塗装が色あせたフォードのエクスプローラーが、停められている。ガディスが運転席に乗り込むと、アンリは助手席に座った。

　エクスプローラーはマンスール通りに出ると右折し、五百メートル先の巨大なラウンドアバウト、アラビアンナイトスクエアを右に曲がった。

　アンリを乗せたエクスプローラーの後を加藤と黒川、それに鮫沼が乗るバンが追い、すぐ後ろを辰也、宮坂、田中、京介の四人のバンが続き、浩志と柊真のフィエスタは最後尾に就いている。

「まさかとは思いますが、アンリはイラクを脱出するつもりじゃないですか?」

　フィエスタのハンドルを握る柊真は首を傾げた。アラビアンナイトスクエアから南に進んだエクスプローラーが、カディサヤ・エクスプレスウェイを経て、エアポート・ストリートに入ったからだ。このまま西に向かって進めば、バグダッド国際空港に出る。

「あいつは疑われて逃げた。罪を認めたと同じだが、立証されたわけではない。どこに行くのも自由だ」

イスタンブールで〝GCP〟や憲兵隊の捜査を妨害したのはアンリなのだろうが、確かな証拠はない。あの男を浩志は最初から不審に思っていたが、決定的な証拠もなかったため、柊真と影山を使って彼を陥れたのは、一か八かの勝負であった。

「それにしても、彼が裏切り者だったのは、ショックでした」

柊真は大きな溜息をついた。〝GCP〟はフランス外人部隊でもエリート中のエリートが集まる部隊である。その中でも選抜された人員で構成されたチームの指揮官が、アンリであった。しかも柊真と組んでいた部下であるミゲルも裏切り者だったのだ。彼が嘆《なげ》くのも頷ける。

「アンリと死んだミゲルは、二人ともALのエージェントという可能性がある。俺の言っている意味が分かるか？」

浩志は沿道から離れた砂色の住宅街を見ていた。

エアポート・ストリートは、空港の直前の四・五キロから東西にまっすぐ延びている。三車線の上下道の中央帯の幅は約五十六メートルあり、さらに並行する一般道までは百十メートル続く空き地に囲まれていた。

バグダッド国際空港が空爆で使用不能になった際に、幅が約二百九十メートル、長さが四千五百メートルもあるエアポート・ストリートは、文字通り代替の滑走路になるのだろう。軍人であった独裁者サッダーム・フセイン元大統領なら考えそうなことである。

「もし、私の考えていることが現実だとしたら、恐ろしいことになります」

生唾を飲み込んだ柊真の表情が、険しくなった。

「ＡＬのエージェントは、どこにでもいるということだ」

浩志は頷いた。どこにでもということは、文字通り世界規模ということだ。

柊真がイスタンブールで殺したミゲル曹長は、作戦の一週間前に急遽チームに加わっている。おそらくアンリをサポートする役目があったのだろう。外人部隊最強の特殊部隊〝ＧＣＰ〟の中でさらに選抜されたチームに編入されることは、並大抵のことではない。外人部隊の幹部にＡＬに通じる者がいるということだ。

イラクでの仕事を依頼してきたプラティニ中佐は、部隊に裏切り者がいると思っていた可能性もある。だからこそ、仕事を浩志に依頼してきたのだろう。また、ウェインライトは、浩志にＡＬの危険性について以前から警告していた。彼は中国のレッド・ドラゴンに身を投じてＡＬの脅威に対抗したという。毒をもって毒を制するという彼の言葉が、今なら理解できる。

――ターゲットが、右折します。

空港の三・五キロ手前で、先頭で追跡する加藤から無線連絡が入った。ハンズフリーで応答できるように、ブルートゥースのイヤホンではなく、首に巻くスロートマイクとイヤホンを高出力の無線機に繋げてある。

エクスプローラーに続き、三台の車は右折した。左手に大きな貯水池がある住宅街の外れである。車の通りが少ないため、加藤はエクスプローラーと距離をとっていた。

貯水池沿いの道を進み、白い建物の前でエクスプローラーは停まった。貯水池の管理をする建物のようだ。追尾していた三台の車はその手前にある三叉路を右折し、数十メートル先の倉庫の陰に入った。

浩志らのいる倉庫の裏はアンリの車が停まった場所から、二百メートル以上離れている。周囲に倉庫以外の建築物がほとんどないため見通しが利く。白い建物は孤立しているため、尾行することが難しい。尾行されていると思えば、そのまま通り過ぎればいいのだ。加藤でなければ気付かれていただろう。

「加藤、頼んだぞ」

浩志が命じると、頷いた加藤は白い建物とは反対側に向かって走り、視界から消えた。貯水池の土手に下りて回り込むつもりなのだろう。

――配置に就きましたが、小さな高窓があるだけなので中を窺うことができません。

二分後、加藤から連絡が入った。やはり貯水池の土手から侵入したらしい。

「車に発信機を取り付けてくれ」

建物に近づいても覗くこともできないようでは意味がない。

――取り付けました。……黒人が出てきました。

黒人はエクスプローラーに乗り込み、白い建物から離れて行った。だが、車にアンリの姿はない。黒人はアンリを郊外のアジトに運んで来ただけのようだ。

浩志は辰也が乗っているバンにエクスプローラーを追わせ、残りの二台を白い建物に急行させた。

「私に行かせてください」

柊真がグロックを手に建物の出入口の傍に立った。

武器は傭兵代理店に返却するという理由で回収したが、それはアンリから武器を取り上げる名目だったのだ。

浩志は柊真と加藤を出入口のドアの左右に立たせ、黒川にドアを開けさせた。柊真と加藤が突入する。黒川と鮫沼が続き、浩志も銃を構えて入った。

八十平米ほどの建物の中は二つの大きなポンプが埃《ほこり》を被っているだけで、がらんとした空間になっていた。

「アジトじゃなかったみたいですね」

柊真はグロックをズボンに差し込んで首を振った。

彼の足元には首から血を流す、アンリが横たわっている。鋭利なナイフで頸動脈《けいどうみゃく》を切られたようだ。

「撤収」

浩志は表情もなく仲間に告げた。

四

マンスールストリートとの交差点から五百メートル北のロワド通り沿いの交差点角に、ピザハットがある。

以前はイラク戦争で駐留していた米軍基地内にピザハットやバーガーキングをはじめとした米国のファーストフード店が軒を連ねていたが、米軍の撤退に伴って姿を消した。だが、戦争が終了し、街に平和が戻ると、米国のジャンクフードは路面店として復活していたのだ。

午前十一時二十分、ピザハットで食事をしていたベックマンは、ポケットで振動している衛星携帯を取り出し、画面で部下のガディスと確認すると、通話ボタンを押した。

「私だ。終わったのか？」

口の中のピザをオレンジジュースで流し込んだベックマンは、紙ナプキンで口元を拭《ふ》いて尋ねた。

――例のポンプ場でブルータスを始末しました。

ガディスは淡々と報告した。

「ご苦労。念のため、当分の間、私に連絡をするな。私の宿泊先にも近寄るんじゃないぞ」

ベックマンは高圧的に命令した。

――ご心配なく。私はあなたの宿泊先を教えてもらっていませんから。

ガディスの鼻息が聞こえた。鼻先で笑って皮肉を言ったようだ。

「そうだったな。信頼出来る部下にしか、教えていなかった」

ベックマンは低い声で笑った。

――シット！

通話はガディスが一方的に切った。腹を立てたらしい。

「馬鹿が。シリアに飛ばす前に殺してやる」

頰を痙攣させたベックマンは、衛星携帯を仕舞うと食べかけのピザを残して店を出た。

ベックマンの住処《すみか》は、ロワド通り沿いにある一階が〝アッバース・アダナン〟というレストランがある雑居ビルにあり、ピザハットの四百メートルほど南にある。だが、ベックマンはロワド通りではなく、店を出てすぐ脇の道に入り、近くの四階建てのアパートに入った。

薄暗い階段を上ったベックマンは、三階の非常階段の手前にある部屋の鍵を開ける。１ＤＫ五十二平米、滅多に使うことはない。いわゆるパニックルームで、逃走用の資金やパスポート、武器や着替えまで揃えてある。缶詰だが食料と水も蓄《たくわ》えてあるので、三日は外出することなく過ごすことも可能だ。この部屋の存在を知っているのは、ベックマン以外誰もいない。人一倍用心深く行動してきたので、謀略渦《うず》巻く諜報の世界で長年生きてこられた。

部屋の片隅にノートブックパソコンが置かれたデスクとベッドがあり、キッチンには冷蔵庫がある。調度品はそれだけだ。武器や脱出用の装備は、ウォークインクロゼットの隠し棚に仕舞ってある。

ベックマンは冷蔵庫からよく冷えたバドワイザーを出すと、栓を抜いてデスクの椅子に腰掛け、衛星携帯で電話を掛けた。

――ロックベース42です。

電話の相手は、マーカスという名の白人の部下だ。

「私だ。今日は、プレゼントとともに第二便が発送される予定になっていたはずだ。どうなっている？」

バドワイザーを一気に飲み干して喉を潤《うるお》したベックマンは、抑揚のない声で尋ねた。

――第二便の十二個口は、無事に発送しました。

マーカスは淀《よど》みなく言った。答えを用意していたらしい。

「念のために受取人の確認もするんだ。荷物が途中で紛失する可能性もあるからな」

――報告するように連絡してありますが、私からも確認します。

「次の便も用意してあるんだろうな」

――第三便の証明書が、まだ揃っていません。パソコンの調子が悪くて。

「くだらない言い訳をするな。本来なら第四便まで送っていなければならないんだぞ。この世界では愚《おろ》か者は死ぬ。ブルータスのようにな」

――はっ、はい。すぐに作業に取り掛かります。

ベックマンは忌々《いまいま》しげに電話を切ると、バドワイザーを飲み干した。

「どいつもこいつも、馬鹿ばかりだ」

吐き捨てるように言ったベックマンは、デスクの引き出しから小さな木箱を出し、中から細身の煙草サイズの葉巻を出した。ドミニカ産のロメオ・イ・ジュリエッタである。吸口を専用カッターで切ると、ライターで火を点け、葉巻を燻《くゆ》らせた。

葉巻をゆっくりと味わうように吸い込んだベックマンは煙を吐き出し、しばし瞑想《めいそう》に耽《ふけ》った。

「そうするか」

独り言を呟いたベックマンは、衛星携帯を取り出し、電話を掛けた。

——ロックベース39です。

アラブ訛りの英語である。ベックマンの部下であるアラブ系のムフディらしい。

「私だ。ロックベース36の監視をしろ」

ロックベース36とはガディスのことである。

——彼が何か重大なミスをしたのですか？

「嫌な予感がする。それだけのことだ。だが、この世界に生きる者は、直感を大事にする。あの男は短気で、警戒心も薄い。何かミスをしそうな感じがするのだ。だが、一人のミスが、命取りになる。何かあれば、おまえがやつの処理を行うんだ。言っている意味は分かるな」

ベックマンは冷たく言い放った。

五

カディサヤ・エクスプレスウェイを東に向かっていたエクスプローラーが、一般道に下りると、バグダッドの中心にあるキンディ・ストリートに入った。運転しているのは、ガディスという名の黒人である。

ガディスは通りの中ほどにある中東臨床研究所の手前の交差点を左に曲がり、数十メートル先にあるマンションの前で車を停めた。銃撃の痕を修復したらしく、壁の一部がコンクリートで塞がれている。バグダッドでは街の復興は進んでいるが、戦争の傷跡は至る所で見ることができるのだ。

エクスプレスウェイの三十メートル後方を走っていた白いバンが、交差点近くの銀行の前で停まった。

午前十一時四十五分、昼時ではあるが、表のキンディ・ストリートから道を一本入っているので人通りはあまりない。

「銀行の前はまずい。京介、俺と一緒に来い。田中、マンションを通り越したビルの前で待機してくれ」

助手席に乗っていた辰也は、ハンドルを握る田中に指示をすると、車を降りた。

「あいつが、殺したんですかね」

京介は辰也と並んで、日本語で話しかけた。日本語を話せるイラク人はいないと思っているのだろう。

「馬鹿野郎、大きな声で話しかけるな」

辰也は京介の首を摑んで揺さぶった。

「止めてくれ、このケダモノ」

京介は辰也の手を振り払った。この二人は組むといつも喧嘩《けんか》になる。

「おまえは馬鹿か。やつに気付かれたら、どうするんだ」

眉間に皺を寄せた辰也は、京介の背中を押して目の前のビルの玄関の柱の陰に入ると、京介の胸ぐらを摑んだ。

「そっ、そんなに怒らなくても……」

辰也のあまりの剣幕に京介がたじろいだ。

「いいか、銃をぶっぱなすだけで倒せる相手じゃないんだ。軽率《けいそつ》な行動で作戦をパーにしたら、ただじゃすまないぞ」

辰也は京介を離し、衛星携帯をポケットから出すと、浩志に電話を掛けた。

「こちら爆弾グマ、ターゲットの監視に入ります」

――了解。十五分で到着する。

すぐさま浩志からの返答があった。


午後八時を過ぎている。

大きな繁華街でない限り、人通りは絶える時間帯になっていた。もっとも繁華街も人が集まる場所は爆弾テロのターゲットになるので、夜間に出歩くのは命懸《いのちが》けである。

辰也らが追っていた黒人が入ったマンションの周囲には、リベンジャーズの三台の車が配置に就き監視を続けていた。

浩志は柊真が運転する車の助手席に乗っている。後部座席には鮫沼が座っていた。車ごとのチーム分けは変えていない。負傷した村瀬はホテルで休んでいるが、順調に回復している。

——どうしますか？

辰也からの無線連絡だ。彼らが現場に到着してから八時間以上経っている。元刑事だった浩志はともかく、仲間は長時間の張り込みは苦手なのだ。

「全員に告ぐ！　一分後に突入する。準備をせよ」

腕時計で時間を確かめた浩志は、行動を決めた。このままではターゲットが動くのは明日の朝だろう。動きがなければ、ターゲットを捕らえて尋問する。それだけの話だ。

一分後、浩志、辰也、宮坂、京介、それに柊真が、車から降りた。田中と黒川と鮫沼の三人は逃走用の足を確保するため、車に残っている。バグダッドの中心部だけに銃声を聞きつけて、軍や警察が駆けつけてくる恐れがあるだけに各車両に一人ずつ残す必要があるのだ。そのため、銃撃音が大きいサブマシンガンの使用を避け、装備はグロック17Cのみである。

仲間に頷いた浩志は、先頭を切って玄関から入った。

「こちらです。裏口もあります」

玄関の陰から加藤が現れた。彼は単独で黒人をマンション内で見張っていたのだ。

加藤は非常階段を駆け上がって行く。

浩志はハンドシグナルで宮坂と京介を裏口に向かわせ、加藤の後を追って三階まで上がった。一番手前にある部屋のドアの前で左右に分かれる。

浩志が指さすと、辰也がドアを蹴破った。

加藤と柊真が突入する。

「フリーズ！」

ハンドライトを持った浩志と辰也は叫びながら続く。

「撃つな！　抵抗しない。撃つな！」

ベッド脇で立ち上がった黒人が、必死の形相《ぎょうそう》で両手を上げた。

銃声！

窓ガラスが割れ、銃弾が風切り音を上げて乱れ飛ぶ。

外部から攻撃されているのだ。

浩志は反撃しながら壁の後ろに隠れた。

「ヘリボーイ、応答せよ」

無線で田中を呼び出した。

——こちらヘリボーイ、どうぞ。

車で待機している田中が答えた。

「敵は向かいのビルの屋上だ。コマンド2とサメ雄を連れて対処してくれ」

——了解しました！

「針の穴、クレイジーモンキーとともにヘリボーイをサポートせよ」

浩志は宮坂と京介も向かいのビルに向かわせた。

「藤堂さん！」

反対側の壁際に伏せている辰也が、ハンドライトで頭に銃弾を受けた黒人を照らし出した。攻撃は黒人の殺害が目的だったらしい。

「辰也、二人を連れて路上で待機」

「了解！　行くぞ！」

辰也は加藤と柊真を促して部屋の外に出る。

浩志は向かいのビルに向かって発砲し、仲間を援護すると、しんがりで廊下に飛び出した。敵はナイトビジョンのスコープを使っているのだろう。浩志が部屋から出た途端、銃撃は止んだ。

外部から銃撃音。

田中が敵と交戦しているらしい。

——こちらヘリボーイ、スナイパー確保、繰り返す、スナイパー確保。

田中から早々に連絡が入った。

「よしっ！」

一階まで階段を駆け下りた浩志は、思わず拳を握りしめた。

サイレンの音が聞こえてきた。派手に撃ち合ったので、さすがに通報されたらしい。

「撤収！　辰也、先導しろ。柊真、俺たちはしんがりだ」

二人に命じると、浩志は血だらけの男を担いで前方のビルから出てきた黒川と鮫沼を辰也のバンに乗せ、宮坂と田中と京介を二台目のバンに乗るように指示をする。

後方のキンディ・ストリートの交差点からパトカーがタイヤを鳴らしながら、曲がってきた。二台のバンが後輪から白煙を上げて走り去る。

「加藤、助手席だ」

浩志はフィエスタの助手席に加藤が乗り込むと同時に後部座席に走り込んだ。パトカーが数十メートル後方に迫っている。

「行きます！」

ハンドルを握る柊真が、アクセルを踏んだ。

六

柊真が運転するフィエスタは、イラク東部、ムアスカー・アル・ラッシード・ストリートを走っている。

「見事にパトカーの追跡を振り切りましたね」

助手席に乗っている加藤は、バックミラーで後方を確認していた。車の運転では、リベンジャーズの中では田中と一、二位を争う腕前を持っている。

だが、あえて浩志は柊真にハンドルを握らせた。彼の武器の扱いと格闘技の腕はすでに知っている。運転技術について実践でテストしたのだ。

辰也らを安全に逃がすため、二台のパトカーを引き付けてバグダッド郊外まで一旦誘い出し、カーチェイスを演じた。運転技術もさることながら、道路も知っていなければならない。優れた兵士なら作戦地の地理は頭に叩き込んでおく必要がある。柊真はリベンジャーズのメンバーとして遜色《そんしょく》ない兵士であることが分かった。

「そのようだな」

浩志は後部座席で激しく揺さぶられながらも、柊真の運転を半ば楽しんでいた。ターゲットの黒人を確保できなかったが、彼を殺害したスナイパーを確保している。作戦は無駄でなかったこともあるが、単純に柊真の成長を喜んでいるのだ。

柊真はムアスカー・アル・ラッシード・ストリート沿いのガスプラントの前でハンドルを左に切り、反対側の広大な荒れ地に入った。二十メートルほど先にある廃屋《はいおく》の脇に二台のバンが停まっている。柊真はフィエスタをバンの手前に停めた。

廃墟は、昨日影山がＡＬのエージェントと思われるチャップマンを尋問した場所である。尋問中の影山を襲撃してチャップマンを殺害した二人の男は、浩志が倒した。三人の死体はすでに敵の組織が片付けたらしい。敵が一度確認した場所は、安全なのだ。

「ご苦労様です」

廃墟の外の闇に紛れていた京介が、Ｍ４カービンを手にいつもの凶悪な顔を見せた。すぐ近くに鮫沼が立っている。二人は見張りに立っていたようだ。

「柊真と加藤も見張りに立ってくれ」

浩志は二人に指示すると、廃墟に足を踏み入れた。見張りは多いほうがいい。安全だとは思っているが、油断するつもりはないのだ。

「こいつ、なかなか手強そうですよ」

辰也は息を漏らすように笑った。疲れているのだろう。浩志らよりも四十分ほど早く着いている。

錆びついた椅子に縛り付けてあるアラブ系の男の右腕と左足には、包帯が巻かれている。男が狙撃銃を持っていたので、田中らが銃撃したのだろう。致命傷を与えずに男の運動能力を奪ったのだ。

浩志は男の顔にハンドライトの光を当てて確認すると、自分のスマートフォンに収められているファイルを立ち上げた。友恵がハッキングしたＣＩＡのサーバーからダウンロードした、不審死を記録された諜報員のリストである。二百二十名分あるが、すべて目を通してあるのである程度は頭の中に入っていた。

「俺が尋問しよう」

リストを確認した浩志は、ぐったりとしている男の前に立った。左の瞼が腫《は》れ上がり、口から血を流している。辰也が殴りつけたのだろう。尋問するのに、下準備はできている。話を聞き出すのにこれ以上、拳を使う必要はなさそうだ。

「おまえも元ＣＩＡだったようだな。ベックマンの手下か？」

浩志は腰を屈めて、椅子に座っている男の顔の位置で話した。友恵のリストに似た顔があったのだ。

「なっ、なんのことだ？」

顔を上げた男は、動揺しているらしい。唐突に確信的な質問をすると、人の心のバリアーは簡単に崩れる。刑事時代に学んだ手法だ。

「今はなんという名前かは知らないが、三年前までは、ファイサル・サレームという名前だったな」

「………………」

男は両眼を見開いた。声も出せないらしい。サレームが本名のようだ。

「まず、ベックマンの居場所を教えてもらおう」

浩志は男の目を見据えて尋ねた。

「たとえ知っていても教える馬鹿がいるか」

サレームは不敵に笑った。当然の反応と言えよう。

「誰にも迷惑をかけずに、おまえは死ぬ覚悟があるのか」

浩志はあえて凶悪な笑みを浮かべた。

「……？」

サレームは僅かに首を振ってみせた。

「おまえの顔写真とプロフィール、元の職場とＡＬのエージェントだという詳しいコメント付きでインスタグラムに載せてやる。それからおまえが殺した黒人の死体の写真も添えれば、一躍有名人になれるぞ」

インスタグラムは、写真を掲載するＳＮＳである。あっというまに世界中に情報を拡散できる時代になったが、同時に危険が伴う。

「ばっ、馬鹿な。止めてくれ。そんなことをしたら……」

サレームは口を震わせた。

黒人の死体の写真ははったりであるが、必要なら今から戻って写真を撮ればいい。イラクの警察が現場検証に入るのは、夜が明けてからだろう。

「おまえは、ＣＩＡとＡＬの両方から狙われるが、殺されるだけじゃすまされない。分かるな」

インターネットに掲示されれば、世界中どこに逃げようが二つの巨大組織に追われて殺される。それどころか、血縁関係者まで狙われるのだ。

「……分かった」

サレームは頭をがくがくと上下に震わせた。この男は完全に墜《お》ちている。だが時間をおけば恐怖は薄れてしまうだろう。

「まずは、ベックマンの居場所から聞こうか」

浩志はどすの利いた声で尋ねた。


（下巻へ続く）

この作品はフィクションであり、登場する人物および
団体はすべて実在するものといっさい関係ありません。

凶悪の序章（上）

一〇〇字書評

切・り・取・り・線

購買動機（新聞、雑誌名を記入するか、あるいは○をつけてください）

□（　　　　　　　）の広告を見て	
□（　　　　　　　）の書評を見て	
□ 知人のすすめで	□ タイトルに惹かれて
□ カバーが良かったから	□ 内容が面白そうだから
□ 好きな作家だから	□ 好きな分野の本だから

・最近、最も感銘を受けた作品名をお書き下さい

・あなたのお好きな作家名をお書き下さい

・その他、ご要望がありましたらお書き下さい

住所	〒				
氏名		職業		年齢	
Eメール	※携帯には配信できません	新刊情報等のメール配信を 希望する・しない			

この本の感想を、編集部までお寄せいただけたらありがたく存じます。今後の企画の参考にさせていただきます。Eメールでも結構です。

いただいた「一〇〇字書評」は、新聞・雑誌等に紹介させていただくことがあります。その場合はお礼として特製図書カードを差し上げます。

前ページの原稿用紙に書評をお書きの上、切り取り、左記までお送り下さい。宛先の住所は不要です。

なお、ご記入いただいたお名前、ご住所等は、書評紹介の事前了解、謝礼のお届けのためだけに利用し、そのほかの目的のために利用することはありません。

〒一〇一‐八七〇一
祥伝社文庫編集長　坂口芳和
電話　〇三（三二六五）二〇八〇

祥伝社ホームページの「ブックレビュー」からも、書き込めます。
http://www.shodensha.co.jp/bookreview/

祥伝社文庫

凶悪《きょうあく》の序章《じょしょう》（上《じょう》） 新《しん》・傭兵代理店《ようへいだいりてん》

平成29年5月20日　初版第1刷発行

著　者　渡辺裕之《わたなべひろゆき》

発行者　辻　浩明

発行所　祥伝社《しょうでんしゃ》

東京都千代田区神田神保町3-3
〒101-8701
電話　03（3265）2081（販売部）
電話　03（3265）2080（編集部）
電話　03（3265）3622（業務部）
http://www.shodensha.co.jp/

印刷所　萩原印刷
製本所　ナショナル製本
カバーフォーマットデザイン　芥 陽子

Printed in Japan ©2017, Hiroyuki Watanabe ISBN978-4-396-34307-1 C0193

〈祥伝社文庫　今月の新刊〉

渡辺裕之

凶悪の序章(上・下)　新・傭兵代理店

最大最悪の罠を仕掛ける史上最強の敵に、リベンジャーズが挑む！　現代戦争の真実。

テリ・テリー
竹内美紀・訳

スレーテッド2　引き裂かれた瞳

次第に蘇る記憶、カイラは反政府組織の戦いに身を投じる…傑作ディストピア小説第2弾。

原　宏一

女神めし　佳代のキッチン2

どんなトラブルも、心にしみる一皿でおいしく解決！　佳代の港町を巡る新たな旅。

草凪　優

奪う太陽、焦《こ》がす月

意外な素顔と初々しさで、定時制教師が欲情の虜になったのは二十歳の教え子だった――。

南　英男

シャッフル

カレー屋店主、元刑事ら四人が大金を巡る運命の選択に迫られた。緊迫のクライムノベル。

鳥羽　亮

中山道の鬼と龍　はみだし御庭番無頼旅

火盗改の同心が、ただ一刀で斬り伏せられた！剛剣の下手人を追い、泉十郎らは倉賀野宿へ。

佐伯泰英

完本 **密命**　巻之二十三　仇敵《きゅうてき》　決戦前夜

あろうことか惣三郎は、因縁浅からぬ尾張の地にいた。父の知らぬまま、娘は嫁いでいく。